ein Ullstein Buch

Vom selben Autor
in der Reihe der
Ullstein Bücher

Nur Streichhölzer (799)
An einem Freitag um halb zwölf (818)
Lotosblüten für Miss Quon (926)
Rasthaus des Teufels (977)
Mord am Canale Grande (982)
Die Kanaille (1020)
Zu hoch hinaus (1038)
Nicht mein Bier (1073)
Der Mini-Killer (1091)
Satan in Satin (1106)
Schwarze Perle aus Peking (1113)
Ein Grab für zwei (1127)
Geld stinkt nicht (1154)
Der Schlächter von Dead End (1164)
Nach Gebrauch vernichten (1174)
Sareks Sore (1185)
Einmal Prag und zurück (1203)
Bedarf gedeckt (1210)
Brillanten für die Bestie (1222)
Die Todespille (1231)
Hallo, ist jemand da? (1242)
Cade (1251)
Der Mann m. d. blauen Gesicht (1267)
Ein Schlummertrunk vom Boss (1276)
Süßes Parfüm Gold (1285)
Geier sind geduldig (1301)
Der scharlachrote Mund (1346)
Jacht der Toten (1362)
Gesucht wird: Mallory (1374)
Ein Ticket für die Todeszelle (1386)
Alibi auf Tonband (1397)
Ein Grab voll roter Orchideen (1401)
Nett wie ein Loch im Kopf (1411)
Zahle oder stirb (1427)
Leichen sind lästig (1431)
Jeff Barratts Ratten (1439)
Noch ein As im Ärmel (1453)
Was ist besser als Geld? (1462)
Dumme sterben nicht aus (1474)
Falls Sie Ihr Leben lieben . . . (1479)
Gut geplant ist halb gemordet (1490)
Der Ring des Bogenschützen (1542)
Make-up für eine Somnambule (1571)
Rollendes Dynamit (1583)

Ullstein Buch Nr. 1617
im Verlag Ullstein GmbH,
Frankfurt/M – Berlin – Wien
Titel der
englischen Originalausgabe:
Tell It To The Birds

Übersetzt
von Gitta Bauer

Neuauflage der deutschen
Originalausgabe
im Verlag Ullstein GmbH,
Frankfurt/M – Berlin – Wien

Printed in Germany 1974
Gesamtherstellung:
Ebner, Ulm
ISBN 3 548 01617 0

James Hadley Chase

Keine Versicherung gegen Mord

Kriminalroman

ein Ullstein Buch

1

Am Ende der schmalen Straße, die kaum breit genug war, um zwei Wagen aneinander vorbeizulassen, und von hohen, stachligen Hecken gesäumt war, fand Anson endlich das Haus, nach dem er eine Stunde lang gesucht hatte. Das Haus verbarg sich hinter einer Barriere ausgewachsener Büsche, die zu beiden Seiten des verwahrlosten Doppeltores standen. Erst als Anson aus dem Wagen stieg und sich dem Tor näherte, konnte er einen ersten Blick auf das Haus werfen. Aber es war zuerst der Garten, der seine Aufmerksamkeit gefangennahm. Obwohl ziemlich klein mit einer etwa sechs Quadratmeter großen Rasenfläche, die so makellos wie die Oberfläche eines Billardtisches war, bot der Garten ein Bild gärtnerischer Kunst, wie man es höchstens noch auf Gartenbau-Ausstellungen sieht.

Alles war da, sogar ein Miniaturspringbrunnen, ein winziger Wasserfall, massenhaft Blumenbeete in leuchtenden Farben, hochstämmige Rosen mit vollkommenen Blüten, blühende Büsche und sogar ein Taubenhaus.

Für einen Augenblick stand Anson am Tor und starrte in den Garten, dann sah er das Haus.

Das Haus überraschte ebenso wie der Garten. Es war ein zweistöckiger Bau aus Ziegeln und Holz mit einem Dach aus roten Schindeln. Irgendwann einmal waren die Holzteile des Hauses dunkelgrün gestrichen worden, aber Regen, Wind und Sonne hatten mit der Farbe ihr Spiel getrieben, und so hatte das Haus heute ein schäbiges, vernachlässigtes und verwahrlostes Aussehen. Staub und Schmutz hatten Streifen auf den Fenstern hinterlassen. Der Türklopfer aus Messing war schwarz angelaufen. Links von dem Haus befand sich eine Doppelgarage, deren Fenster zerbrochen war und auf deren Dach eine Reihe von Schindeln fehlte.

Anson sah den Garten an, dann das Haus, dann wieder den Garten. Er trat zurück und las den Namen, der mit ungefügen weißen Buchstaben am Tor stand: »Mon Repos.«

Er öffnete den Reißverschluß seiner abgegriffenen Collegemappe und entnahm ihr einen Brief, den er am Morgen erhalten hatte. Er las ihn noch einmal durch.

An die
National Fidelity Insurance Corporation
Brent

Mon Repos
Bei Pru Town

Sehr geehrte Herren,
ich wäre Ihnen dankbar, wenn Sie mir einen Vertreter schicken würden, und zwar an irgendeinem Tag dieser Woche zwischen zwei und vier Uhr.

Ich habe ein paar Schmuckstücke, die ungefähr 1000 Dollar wert sind und die mein Mann gegen Diebstahl oder Verlust versichern lassen möchte.

Meg Barlowe.

Anson stieß das Tor auf, fuhr den Wagen in die Einfahrt, dann ging er zum Haus.

Schwere Regenwolken hingen drohend am Himmel. Die Sonne, von den Wolken verdeckt, mühte sich tapfer, ein schwaches Licht auf den ungewöhnlichen Garten zu werfen. In ungefähr einer Stunde, dachte Anson, als er nach dem schmutzstarrenden Türklopfer griff, würde es in Strömen regnen. Er hob den Klopfer und ließ ihn zweimal fallen.

Nach einer kurzen Pause hörte er schnelle Schritte. Die Tür öffnete sich.

Bis zu seinem Tode sollte sich Anson noch an die erste Begegnung mit Meg Barlowe erinnern.

Anson hatte zwei Schwächen: die Jagd nach Frauen und den ständigen, unheilbaren Drang zum Wetten. Er hatte selten Glück. Da er ständig Geld für seine Abenteuer sowie für seinen Buchmacher brauchte, führte er einen unaufhörlichen Kampf darum, bei Kasse zu bleiben.

Seine Intelligenz, sein Auftreten und seine Energie hatten ihm eine Bezirksvertretung bei der National-Fidelity-Versicherungsgesellschaft eingebracht, die drei kleine, aber wohlhabende Städte umfaßte: Brent, Lambsville und Pru Town. Der Bezirk bot ein reiches Feld für einen energischen Versicherungsvertreter. Es war ländliches Gebiet, und die meisten Farmer besaßen zwei oder drei Autos, waren an Lebensversicherungen interessiert und eifrig bemüht, ihre Ernte und ihr Eigentum zu versichern. Aber was Anson verdiente, warf er wieder zum Fenster hinaus, so daß er sich jetzt einer finanziellen Krise gegenübersah, die sogar sein weites Gewissen alarmierte.

Bevor er Brent verlassen hatte, um Pru Town und Lambsville seinen wöchentlichen Besuch abzustatten, hatte er einen Anruf von Joe Duncan, seinem Buchmacher, erhalten.

Mit seiner keuchenden asthmatischen Stimme hatte Duncan gesagt: »Hören Sie, Anson, Sie wissen, was Sie mir schulden?«

Anson hatte geantwortet: »Natürlich, Joe. Beruhigen Sie sich. Sie kriegen Ihr Geld.«

»Sie schulden mir jetzt an die 1000 Piepen«, sagte Duncan. »Sie erledigen das am Sonnabend. Wenn nicht, kommt Sailor vorbei und unterhält sich mit Ihnen.«

Sailor Hogan trieb Joe Duncans Außenstände ein. Er war einmal Leichtgewichtsmeister von Kalifornien gewesen. Seine Roheit war bekannt. Wenn er die Schulden nicht eintreiben konnte, hinterließ er dem säumigen Zahler einen Denkzettel.

Aber Anson machte sich keine Kopfschmerzen wegen der lumpigen tausend Dollar. Wenn es zum Äußersten kam, konnte er diesen Betrag immer noch zusammenkratzen, indem er seine Freunde anpumpte, seinen Fernsehempfänger verkaufte und vielleicht sogar seinen Wagen verpfändete, aber er saß in der Klemme. Als er auflegte, dachte er daran, daß er Sam Bernstein, dem Geldverleiher der Stadt, 8000 Dollar schuldete, die er bis zum Ende des Jahres zurückzahlen mußte, sonst ... Als er im Juni die Wechsel unterschrieben hatte, schien der nächste Juni noch lange hin. Er hatte den ganzen Batzen des geborgten Geldes hundert zu eins auf einen offenkundigen Außenseiter gesetzt, für den er einen Tip direkt vom Stalljungen bekommen hatte; das Pferd erwies sich als das, was es auch war: ein offenkundiger Außenseiter.

Heute war Dienstag. Noch fünf Tage blieben Anson, in denen er 1000 Dollar auftreiben mußte, um Duncan zu beruhigen. Das war keine unlösbare Aufgabe, aber er zuckte zurück bei dem Gedanken, wie er die 8000 Dollar für Bernstein zusammenbekommen sollte. Aber hier hatte er wenigstens noch Zeit.

Da er es langsam mit der Angst zu tun bekam, war Anson ein wenig zu aufdringlich, ein wenig zu drängend, und wenn ein Vertreter in diesen Zustand gerät, kann und wird er niemals Versicherungen abschließen.

Die Woche hatte schlecht angefangen, aber er war als Vertreter optimistisch genug, um sich selbst zu beruhigen, daß sie gut enden werde.

Als er den Klopfer an der schäbigen Tür hob, von der die Farbe abblätterte, und vor dem heruntergekommenen Haus in diesem außergewöhnlichen Garten stand, hatte er das Gefühl, daß seine Pechsträhne zu Ende war.

Anson sah Meg Barlowe an, wie sie da in der Hautür stand und ihn mit großen, kobaltblauen Augen prüfend betrachtete.

Beim Anblick dieser Frau, die etwa ein Jahr jünger als er sein mochte, strömte ihm das Blut in den Kopf, wie es unausweichlich geschah, wenn er eine Frau kennenlernte, die ihn reizte.

Sie war hochgewachsen, vielleicht ein paar Zentimeter größer als er, und wirkte kräftig und ausdauernd wie ein junger Baum. Ihre Schultern waren breit, die Brust reizvoll, die Taille zierlich, sie hatte schmale Hüften und lange Beine. Sie trug einen knapp sitzenden, orangefarbenen Pullover und schwarze, enganliegende Hosen. Ihr nußbraunes Haar wurde von einem grünen Band zurückgehalten. All das nahm er mit einem Blick in sich auf. Sie war nicht schön. Ihr Mund war ein wenig zu groß, ihre Nase für perfekte Schönheit zu kräftig, aber sie war die auffallendste und erregendste Frau, die Anson je gesehen hatte.

Einen langen Augenblick starrten die beiden einander an, dann öffneten sich ihre roten Lippen zu einem Lächeln und zeigten weiße, ebenmäßige Zähne.

»Guten Tag«, sagte sie.

Automatisch, aber mit einer gewissen Anstrengung setzte Anson seine Vertretermiene auf. Sein durch jahrelange Erfahrung geschulter Ausdruck war aufgeweckt, freundlich und wach.

»Mrs. Barlowe? Ich bin John Anson. National Fidelity Insurance Corporation. Ich habe einen Brief von Ihnen ...«

»Ja, natürlich ... kommen Sie herein.«

Mit immer noch heftig klopfendem Herzen folgte ihr Anson durch den schmalen, dunklen Flur in das Wohnzimmer.

Das Zimmer war groß und bequem eingerichtet. Ein helles Holzfeuer brannte in dem riesigen Kamin. Vor dem Feuer stand eine breite Couch, auf der vier Leute bequem Platz hatten. Am Erkerfenster stand ein ovaler Tisch, darauf eine Reiseschreibmaschine mit einer Menge Schreib- und Kohlepapier und einem Wörterbuch.

Als Anson ins Zimmer trat, fiel ihm der Staub und Schmutz auf, der alle Gegenstände bedeckte. Der Raum machte den gleichen verkommenen Eindruck wie das Äußere des Hauses.

Die Frau ging hinüber zum Kamin und sah ihn, mit dem Rücken zum Feuer, die Hände in die Hüften gestemmt, an. Der rätselhafte Ausdruck ihrer Augen verwirrte Anson, und er ging hinüber zum Fenster.

»Was für einen schönen Garten haben Sie!« sagte er. »Sie sind sicher sehr stolz darauf!«

»Das ist mein Mann.« Sie lachte. »Er hat nichts anderes im Kopf!«

Anson drehte sich um. Sein Blick wanderte über ihren Körper.

»Ist er von Beruf Gärtner?«

»Nicht ganz. Er möchte es gern sein. Zur Zeit arbeitet er im Kaufhaus Framley in Pru Town. Er leitet die Gartenabteilung.« Sie machte eine Handbewegung zu der Couch hin. »Aber setzen Sie sich doch, Mr. Anson.«

Er ging um das Sofa herum und setzte sich an das andere Ende, da ihre Nähe ihn beunruhigte. Sie kniete sich auf das andere Ende.

»Phil ... mein Mann ... möchte, daß ich meinen Schmuck versichern lasse«, sagte sie. »Ich glaube zwar nicht, daß er es wert ist, aber er meint doch. Wie hoch wäre die Jahresprämie?«

»Für 1000 Dollar?«

»Phil sagt, er sei es wert ... ich bezweifle es. Aber sagen wir, für 1000 Dollar.«

Anson wurde plötzlich wach.

»Könnte ich einmal sehen, was Sie versichern lassen wollen?«

»Natürlich, ich hole den Schmuck.«

Er sah ihr nach, als sie aus dem Zimmer ging. Ihre Bewegungen waren graziös, und als sie draußen war, wobei sie die Tür offenließ, holte Anson tief Luft. Bewegungslos saß er da und starrte in die Flammen, die um die Holzscheite tanzten, er spürte ihre Hitze auf dem Gesicht.

Nach wenigen Minuten war sie wieder da mit einem billigen Schmuckkasten. Er enthielt ein Dutzend altmodische Schmuckstücke von der Art, wie man sie in jedem Antiquitätengeschäft finden kann: irgendwelcher Ramsch, den man auf Auktionen kauft in der Hoffnung, daß ein Stück darunter ist, das den Preis des ganzen Trödels wert ist.

Er sah sie verblüfft an.

»Ist das alles?«

Sie nickte.

»Aber das hier ist keine 50 Dollar wert, geschweige denn 1000.«

Sie lachte und setzte sich neben ihn, während sie ihm den Kasten aus der Hand nahm.

»Das habe ich Phil gesagt, aber er meinte, man könnte bei altem Schmuck nie wissen. Nun, es tut mir leid, daß ich Ihre Zeit umsonst in Anspruch genommen habe, Mr. Anson. Ich hoffe, Sie sind mir nicht böse.«

Anson konnte das Parfüm riechen, das sie umgab. Er wußte nicht, was es war, aber es gefiel ihm.

»Das macht nichts.« Aber es machte doch etwas. Er hatte eine Stunde verloren, um hierher zu gelangen, in der er in Pru Town hätte Geschäfte machen können. »Aber da ich einmal hier bin, wie steht es denn mit Versicherungen bei Ihnen? Ich meine das Haus ... Feuer ... Einbruch?«

»Das ist alles vorhanden«, sagte Meg. »Das Haus gehörte der Mutter meines Mannes. Als sie starb, hat sie es ihm hinterlassen. Natürlich ist es versichert. Es tut mir leid ...«

»Schon gut«, sagte Anson. Wieder ließ er seinen Blick über ihren Körper wandern, und wieder spürte er das Verlangen wie einen Stich.

»Aber da ist etwas, womit Sie mir helfen könnten, da Sie einmal hier sind«, fuhr sie fort und sah ihn gespannt an.

»Aber gern. Was ist es denn?«

Er hatte keine Lust zu gehen. Mit ihr an der Seite und der Wärme des Feuers auf dem Gesicht, während die Schatten länger wurden und dem Zimmer eine intime Atmosphäre gaben, fühlte er sich wohl.

»Ich schreibe eine Kurzgeschichte«, sagte sie. »Sie hat etwas mit einer Versicherung zu tun.« Sie lehnte sich zurück und legte den Kopf auf die Rücklehne des Sofas, so daß der rote Widerschein des Feuers auf ihren Hals fiel. »Ich hatte da eine Idee, und Sie können mir vielleicht sagen, ob sie durchführbar ist.«

Er sah hinüber zu der Schreibmaschine auf dem Tisch.

»Sie schreiben Kurzgeschichten?«

»So habe ich etwas zu tun. Ich habe noch keine verkauft, aber man kann nie wissen.« Sie lächelte ihn an. »Phil verdient nicht viel Geld. Wenn ich eine Geschichte unterbringen könnte ... nun, dann könnte ich mir ein paar Kleider kaufen.« Wieder lächelte sie, aber er hatte plötzlich das Gefühl, daß sie nicht glücklich war, und diese Vorstellung erregte ihn heftig. Sie stand auf. »Wenn Sie mir helfen wollen, dann haben Sie einen Drink verdient. Ich habe nur Whisky. Mögen Sie?«

Anson zögerte. Es war kurz nach fünf, ein bißchen früh zum Trinken, aber er konnte einen Schluck gebrauchen.

»Warum nicht ... vielen Dank.«

Sie war nur ein paar Minuten draußen und kam mit einer Flasche Whisky, Wasser und Eis zurück. Sie mixte zwei kräftige Drinks. Er bekam sein Glas, während sie sich mit dem ihren vor dem Kamin auf die Erde setzte.

Mittlerweile war es im Zimmer dunkel geworden, aber sie schien kein Licht machen zu wollen. Er hörte den Regen gegen die Fenster trommeln, doch er achtete nicht darauf, sondern beobachtete jede ihrer Bewegungen.

»In der Geschichte, an der ich arbeite«, sagte sie und schaute ins Feuer, »handelt es sich um eine Frau, die verzweifelt Geld braucht, viel Geld. Sie hat einen Freund, der am Flugscheinschalter eines großen Flughafens arbeitet. Diese Frau hat ein bißchen Geld gespart und schließt eine Lebensversicherung über 200 000 Dollar ab. Sie und ihr Freund warten auf ein Flugzeugunglück über dem Meer. Sechs Monate müssen sie warten, bevor ein Unglück passiert. Sobald die Nachricht auf dem Flughafen bekannt wird, setzt ihr Freund den Namen der Frau auf die Passagierliste. Er besorgt auch eine Ticketquittung und was sonst dazu gehört. Die Frau ist aus der Gegend, wo sie wohnte, fortgezogen und untergetaucht. Er ruft sie an und meldet ihr das Unglück. Einige Zeit später erhebt ihre Schwester Anspruch auf die Versicherung; als Beweis dafür, daß ihre Schwester in dem Flugzeug war, legt sie die Unterlagen vor, die der Freund beschafft hat.« Sie machte eine Pause, nahm einen Schluck aus dem Glas, dann sah sie ihn an. »Natürlich müssen die Einzelheiten noch genau ausgearbeitet werden, aber so ungefähr ist die Idee ... Glauben Sie, daß sie damit durchkommen würde?«

In den zwölf Jahren, die Anson bei der Versicherung tätig war, hatte er alle möglichen Tricks und Einfälle kennengelernt, auf die Leute verfallen, die den Ehrgeiz haben, eine Versicherungsgesellschaft zu prellen. Jede Woche erhielt er ein gedrucktes Bulletin von der Hauptverwaltung, in dem detailliert die verschiedenartigsten Betrugsversuche beschrieben waren. Dieses Bulletin kam von der Schadensabteilung, deren Chef, Maddox, als der beste Mann in diesem Geschäft galt.

In den letzten drei Monaten hatte Anson, als das Geld so schrecklich knapp zu werden anfing, manchmal über Mittel und Wege nachgedacht, wie er seine Gesellschaft betrügen könnte. Aber bei all seiner Gerissenheit und Erfahrung hatte er doch eingesehen, daß er damit niemals Erfolg haben würde, wenn er nicht jemanden kannte, auf dessen Hilfe er sich verlassen konnte. Selbst dann war da immer noch Maddox, von dem die Sage ging, daß er einen übernatürlichen Instinkt für zweifelhafte Forderungen hatte.

»Die Idee ist gut«, sagte Anson. »In einem Roman mag sie sogar glaubhaft klingen, aber im wirklichen Leben würde man niemals damit durchkommen.«

Sie sah ihn fragend an.

»Aber warum nicht?«

»Die Summe, um die es geht, ist zu groß. Jeder Versicherungsvertrag über mehr als 15 000 Dollar wird sehr genau geprüft. Nehmen wir an, diese Frau würde sich bei meiner Gesellschaft versichern. Die Police würde sofort zur Schadensabteilung gehen. Der Chef dieser Abteilung ist ein Mann, der seit 20 Jahren in dieser Branche arbeitet. In dieser Zeit hat er sich mit etwa 8000 Betrugsfällen beschäftigt. Er hat so viel Erfahrung, daß er einen Versicherungsschwindel riecht, so wie Sie eine tote Ratte riechen! Was tut er also, wenn er diese Police bekommt? Er fragt sich, warum eine Frau ihr Leben mit einer so hohen Summe versichert. Wer ist der Nutznießer? Ihre Schwester? Warum? Ist da ein Liebhaber im Spiel? Er hat 20 erfahrene Detektive in seinem Dienst. Zwei setzt er auf diese Frau an. In ein paar Tagen weiß er ebensoviel über sie wie sie selbst. Seine Leute haben den Freund auf dem Flugplatz ausgegraben. Sobald er ihnen einmal bekannt ist, dann gnade Gott ihnen beiden, wenn sie angeblich bei einem Flugzeugabsturz umkommt. Nein, im wirklichen Leben würde das nicht funktionieren. Machen Sie sich da nichts vor ... jedenfalls nicht bei Maddox.«

Meg zog ein Gesicht, dann zuckte sie die Achseln.

»Na schön! Ich dachte, ich hätte mir einen guten Trick ausgedacht. Sie enttäuschen mich.« Sie trank von ihrem Whisky, dann griff sie nach dem Feuerhaken und stocherte in der Glut, daß sie aufflammte. »Dann ist es also schwierig, eine Versicherungsgesellschaft zu betrügen?« fragte sie, ohne ihn anzusehen.

Wieder fühlte Anson ein Prickeln der Erregung.

»Ja ... es sei denn ...«

Sie starrte ins Feuer, ihr Gesicht war von der Hitze gerötet, und ihre Augen spiegelten die rötlichen Flammen wider.

»Es sei denn ...?«

»Es kann klappen, aber man braucht zwei Leute dazu. Einer allein kann es nicht.«

Sie wandte sich um und sah ihn an.

»Sie haben also schon einmal darüber nachgedacht«, sagte sie. »Wenn Ihnen etwas einfällt, würden Sie die Idee dann mit mir teilen? Ich würde die Geschichte schreiben, und wir machen fifty-fifty, wenn ich sie verkaufe.«

Er trank sein Glas aus, setzte es ab und stand zögernd auf.

»Wenn mir etwas einfällt, rufe ich Sie an.«

Sie erhob sich. Ihre Augen trafen sich, dann ließ Anson den Blick wieder über ihre Figur gleiten.

»Wenn Sie eine Idee haben, dann können Sie doch hierher kommen, nicht wahr? Es ist doch nicht weit von Brent. Wir könnten die ganze Sache besprechen, und ich bringe die Idee zu Papier.«

Er zauderte, dann sagte er, was er auf dem Herzen hatte: »Ich fürchte, Ihr Mann wäre nicht begeistert, wenn er mich nach seiner Arbeit hier antrifft.«

Sie nickte.

»Sie haben recht. Phil ist kein guter Gesellschafter und hat nicht viel übrig für meine Schreiberei, aber montags und donnerstags abend ist er in Lambsville. Er hat dort einen Abendkursus und bleibt die Nacht bei einem Freund.«

Ansons Hände wurden plötzlich feucht.

»So? Nun ...«

»Wenn Sie also eine Idee haben, dann finden Sie mich an diesen beiden Abenden allein. Vergessen Sie es nicht, nein?«

Sie ging zur Tür und öffnete sie. Anson nahm seine Mappe und folgte ihr zur Tür. Als sie die Tür öffnete, sagte er: »Übrigens, hat Ihr Mann eine Lebensversicherung?«

»Nein. Er hält nichts davon.«

Sie sahen einander an, und Anson blickte schnell fort.

Sie fuhr fort: »Ich fürchte, in der Richtung dürfen Sie sich keine großen Hoffnungen machen. Andere Vertreter haben schon versucht, ihn zu einem Abschluß zu bewegen. Er hält einfach nichts davon.«

Anson trat in den Regen hinaus.

»Vielen Dank für den Whisky, Mrs. Barlowe. Wenn mir etwas einfällt, rufe ich Sie an.«

»Danke. Tut mir leid wegen des Schmucks.« Sie schenkte ihm ein flüchtiges Lächeln und schloß die Tür.

Anson fühlte den Regen auf seinem Gesicht kaum, als er den Weg hinunter zu seinem Wagen ging.

Hinter dem Vorhang sah Meg zu, wie der Wagen durch die Ausfahrt auf die Allee fuhr. Sie beobachtete Anson, wie er aus dem Wagen stieg, das Tor hinter sich schloß und sich wieder in den Wagen setzte. Sie blieb still sitzen, bis der Motor nicht mehr zu hören war, dann wandte sie sich schnell um, ging zum Telefon und wählte eine Nummer.

Nach einer kurzen Pause meldete sich eine Männerstimme.

»Ja? Wer ist da?«

»Meg. Der Fisch beißt an.«

Es blieb einen Augenblick still, dann sagte der Mann: »Erst wenn du ihn fest an der Leine hast, kannst du krähen.« Die Leitung war tot.

2

Zu Ansons wöchentlicher Routinetour gehörten zwei Tage in Pru Town. Die Nacht verbrachte er im Marlborough-Hotel. Er pflegte sich mit Fay Lawley, einer willigen Blondine, zu verabreden, die in einem Zigarettenladen arbeitete.

Als er nach seiner ersten Begegnung mit Meg Barlowe im Hotel ankam, war er fest entschlossen, dieser Gewohnheit zu folgen. Aber während er sich rasierte, begann er Vergleiche zwischen Fay und Meg anzustellen, und es wurde ihm mit überraschender Deutlichkeit klar, was für ein billiges Flittchen Fay war. Er unterbrach das Rasieren, setzte sich auf den Bettrand und zündete sich eine Zigarette an. Er sagte sich, daß er nie einer anderen Frau begegnet war, die an Meg heranreichte. Und sie hatte ihn tatsächlich eingeladen, sie zu besuchen, wenn ihr Mann die Nacht über fort war. Das war ja schließlich eindeutig.

Schon der Gedanke, etwas mit ihr zu haben, machte ihn atemlos. Wieder erinnerte er sich an Fays augenfällige Billigkeit, an ihr kreischendes Gelächter und ihre Vulgarität. Er folgte der Eingebung des Augenblicks und ergriff den Telefonhörer. Aber Fays Anschluß meldete sich nicht. Irritiert legte er auf und ging zurück in das Badezimmer, um sich weiter zu rasieren.

Als er sein Gesicht mit Rasierwasser einrieb, hörte er eine Bewegung im Zimmer. Er ging zur Badezimmertür und sah Fay in seiner Tasche herumschnüffeln.

Als sie ihn bemerkte, ließ sie schnell die Tasche in der Kommode verschwinden.

»Hallo, Süßer«, sagte sie, »ich wollte dich überraschen.«

Anson musterte sie mit ausdruckslosem Gesicht. Noch vor einer Woche hatte er geglaubt, Fay sei eine aufregende Frau. Wenn er sie jetzt mit Meg verglich, sah er ihre Nachteile. Sie war billig, aufgedonnert angemalt und schmierig.

»Du hast mich allerdings überrascht«, entgegnete er, während er in das Zimmer trat, »oder habe ich dich überrascht?«

Fay kicherte und legte ihre Hand an den Mund. Diese Bewegung, an die Anson so gewöhnt war, zog jetzt seine Aufmerksamkeit auf ihre tabakgefärbten, lückenhaften Zähne.

»John, Liebling«, sagte sie und sank auf das Bett, »ich muß dich um einen Gefallen bitten.«

Er sah sie bewegungslos an.

»Ich habe Schwierigkeiten«, fuhr sie nach einer langen, peinlichen Pause fort. »Ich muß bis morgen 100 Dollar haben, oder ich verliere mein Zimmer. Ich hänge mit der Miete.«

100 Dollar, dachte Anson bitter. Und das nennt sie Schwierigkeiten. Was würde diese dumme Pute tun, wenn sie 8000 Dollar Schulden hätte!

»Und was soll ich dabei tun?« fragte er und sah sie starr an. »Auf der Main Street laufen mehr als 100 Dollar herum. Geh hin und verdiene sie dir.«

Sie sah ihn scharf an. Ihre blaugrünen Augen wurden hart.

»Das ist ja ein reizender Rat, Süßer«, entgegnete sie. »Das hätte ich von dir nicht erwartet. Schließlich bin ich doch deine Freundin ... erinnerst du dich?«

Er hatte plötzlich das dringende Bedürfnis, sie loszuwerden. Wenn er den Mut gehabt hätte, hätte er sie auf den Flur gestoßen und die Tür hinter ihr abgeschlossen. Aber er fürchtete, sie würde schreien. Wenn er sie so ansah, war er entsetzt, daß er jemals etwas mit ihr gehabt hatte. Meg ließ jetzt alle seine früheren Frauen schäbig und schmierig erscheinen.

Er ging zu seiner Brieftasche und nahm sechs Zehndollarscheine heraus.

»Fay ... es tut mir leid. Mir ist nicht gut. Ich habe irgendwas gegegessen, was mir nicht bekommen ist«, sagte er. »Nimm das, mehr kann ich nicht tun. Laß mich heute allein. Ich möchte schlafen.«

Sie starrte auf die Scheine in seiner Hand und sah ihn dann prüfend an.

»Kannst du nicht bis 100 raufgehen?« fragte sie. »Ich sagte dir doch, ich bin in Schwierigkeiten.«

Er warf ihr die Scheine in den Schoß.

»Schwierigkeiten? Das ist ja ein Witz. Ich bin auch in Schwierigkeiten. Sei ein nettes Mädchen und geh. Mir ist nicht gut.«

Sie tat die Scheine in ihre abgegriffene Handtasche und stand auf.

»Okay, Süßer, ich sehe dich nächste Woche.«

Du siehst mich nie wieder, dachte Anson. Er entgegnete: »Ich werde dich anrufen.«

Sie gingen zusammen zur Tür. Dort zögerte sie und sah ihn fest an.

Den Rest des Abends verbrachte Anson auf dem Bett liegend. Die Gedanken an Meg Barlowe brannten ihm Löcher ins Hirn.

Am nächsten Tag konnte er nicht richtig arbeiten. Er dachte an Meg. Die Gedanken an sie quälten ihn noch, als er Pru Town verließ, um nach Lambsville zu fahren, wo er ein paar Gespräche zu erledigen hatte. Kurz nach halb sechs war er fertig. Um zur Autostraße nach Brent zu kommen, mußte er durch Pru Town hindurch und kam auch durch die staubige Straße, die zu dem einsamen, verwirrenden Haus der Barlowes führte.

Als er die Autostraße entlangfuhr, überlegte er, ob er es wagen sollte, Meg schon so früh anzurufen. Sie hatte gesagt, daß sie heute abend allein sein werde, ihr Mann blieb in Lambsville. Aber vielleicht hatte sie es wirklich ernst gemeint mit der Handlung für die Kurzgeschichte? Dann würde es sehr dumm aussehen, wenn er ohne Ideen zu ihr kam und ihre Einladung mißverstanden hatte.

Er kam zu dem Seitenweg und hielt auf dem Grasstreifen an. Ein paar Minuten saß er still und überlegte, was er tun sollte.

Besser nicht, dachte er. Es ist zu riskant. Ich könnte meine Chance verspielen. Es kann ja nicht so schwer sein, sich irgendeine Handlung auszudenken, und dann habe ich einen wirklichen Vorwand, um sie zu besuchen. Nächsten Montag ist sie wieder allein. Bis dahin kann ich mir etwas einfallen lassen, egal, wie verrückt es ist, aber ich kann nicht mit leeren Händen bei ihr aufkreuzen.

Widerwillig ließ er den Motor an und fuhr nach Brent.

»Haben Sie Sorgen, Mr. Anson?« fragte Anna Garvin neugierig.

Anson fuhr zusammen, runzelte die Stirn und sah hinüber zu Anna, die an ihrer Schreibmaschine saß. Seit zwei Jahren arbeitete sie für ihn. Sie war jung, rundlich, fröhlich und tüchtig. Abgesehen davon, daß sie eine schwere, horngefaßte Brille trug, was Anson an Frauen mißfiel, hatte sie ein Talent, immer die falschen Kleider zu tragen, was sie noch häuslicher und runder erscheinen ließ als nötig.

Sie hatte ihn bei seinen Gedanken gestört, bei einer Idee für die Geschichte eines Versicherungsschwindels.

»Ich habe Sie zweimal etwas gefragt«, fuhr Anna fort. »Sie sitzen da, als heckten Sie einen Plan aus, wie man jemand umbringen kann.«

Anson fuhr zusammen.

»Hören Sie, Anna, ich habe zu tun. Stören Sie mich bitte nicht.«

Sie verzog ihr gutmütiges, rundes Gesicht zu einer Grimasse, dann fuhr sie mit ihrer Schreibarbeit fort.

Anson stand auf, ging zum Fenster und sah hinunter auf den Verkehrsstrom, der stetig auf der Main Street entlangfloß.

Es war Sonnabendvormittag. Nach dem Lunch hatte er eine Verabredung für ein paar Runden Golf mit einem Freund, aber er hatte jetzt gar keine Lust mehr dazu. Meg beschäftigte ihn so sehr, daß er sich nicht auf seine Arbeit konzentrieren konnte. Ein Dutzend Briefe lagen auf seinem Schreibtisch und warteten auf Bearbeitung, aber er konnte sich nicht dazu aufraffen.

»... als heckten Sie einen Plan aus, wie man jemand umbringen kann.«

Und genau das war es, was er getan hatte: einen Mordplan auszuhecken, bei dem etwas zu gewinnen war, aber natürlich nur für seine Geschichte, die er sich für Meg Barlowe ausdachte. Aber angenommen, er hätte einen richtigen Mord geplant. War er so leicht zu durchschauen, daß Anna seine Gedanken lesen konnte?

Er zwang sich, wieder an den Schreibtisch zu gehen.

»Fangen wir an«, sagte er, und nachdem Anna ihren Stenogrammblock zur Hand genommen hatte, begann Anson zu diktieren.

Anson hatte ein Ein-Zimmer-Apartment im vierten Stock von Albany Arms, einem Wohnblock in der Nähe des Bahnhofs von Brent. Er wohnte in diesem Kaninchenstall, seit er Bezirksvertreter für die Versicherungsgesellschaft geworden war. Zu jeder Wohnung gehörte eine Garage, die sich im Keller des Gebäudes befand und auf einer Einfahrt von der Straße her erreicht werden konnte.

Anson hatte schlecht Golf gespielt, ein reizloses Abendessen zu sich genommen, aber sehr viel getrunken. Entspannt nach dem Sport und leicht betrunken fuhr er seinen Wagen die schwachbeleuchtete Einfahrt hinunter und bog geschickt in die für ihn vorgesehene Box ein. Die meisten anderen Parkplätze waren leer, wie immer am Wochenende. Dann setzte immer ein großer Auszug aus Brent ein, und Anson liebte die Ruhe, die dann in dem Wohnblock herrschte, wenn weder der Krach der Fernsehgeräte, das Getrampel der Leute über ihm noch Kindergeschrei und Gezänk im Hof ihn störten.

Er stellte den Motor ab, drehte das Licht aus und stieg aus dem Wagen. Als er die Tür zuschlug, merkte er, daß er nicht allein war. Er sah scharf nach rechts.

Ein großer, kräftig gebauter Mann war aus dem Schatten aufgetaucht und stand am Eingang zur Box. Sein unerwartetes Auftauchen ließ Anson zusammenfahren. Er starrte in das Dunkel, hinüber zu dem Mann.

»Hallo, Kamerad«, sagte der Mann mit heiserer Stimme. »Ich habe schon eine ganze Zeit auf dich gewartet.«

Ansons Herz setzte einen Augenblick aus, kalte Furcht griff nach ihm. Er erkannte diese drohende, massive Figur: Sailor Hogan! In den letzten Tagen war er so besessen von dem Gedanken an Meg gewesen, daß er Joe Duncans Drohung ganz vergessen hatte. Jetzt fiel ihm ein, was Duncan gesagt hatte: Sie erledigen das am Samstag. Wenn nicht, kommt Sailor vorbei und unterhält sich mit Ihnen.

Anson fiel eine Geschichte ein, die er über Sailor Hogan gehört hatte. Er hatte einen von Joes Kunden besucht, der versäumt hatte zu zahlen. Sailor hatte den Mann zum Krüppel geschlagen. Anson hatte den Mann gesehen, nachdem Sailor sich mit ihm befaßt hatte, er wußte also, daß die Geschichte nicht übertrieben war. Sailor hatte, wie es hieß, seine dicken Finger verschränkt und dem Mann unversehens einen entsetzlichen Schlag in den Nacken versetzt. Der Mann fuhr jetzt in einem Rollstuhl umher, er sah aus und benahm sich wie ein Idiot. Als die Polizei versuchte, Sailor für den Überfall verantwortlich zu machen, konnte dieser mit Hilfe von fünf Buchmachern nachweisen, daß er in Lambsville zu der Zeit Poker gespielt hatte, als der Überfall stattfand.

Und jetzt kam Sailor Hogan langsam auf Anson zu, der zurückwich. Erst als seine Füße an die Betonwand stießen, blieb er stehen. Jetzt war Sailor nur noch wenige Schritte von ihm entfernt. Er blieb stehen, die Hände in den Hosentaschen, den formlosen Hut schief in die Stirn gedrückt, eine Zigarette zwischen den dicken feuchten Lippen.

»Ich komme kassieren, Kamerad«, sagte er. »Gib her.«

Anson holte mühsam Luft.

»Sag Joe, daß er Montag Geld bekommt«, sagte er und versuchte das Zittern in seiner Stimme zu unterdrücken.

»Joe sagte, daß ich kassieren soll, oder sonst ...«, antwortete Sailor und nahm seine großen, knochigen Fäuste aus der Tasche. »Nun mach schon, Mann, ich will nach Hause.«

Anson fühlte die kalte Betonwand an den Schultern. Er konnte nicht weiter zurückweichen. Er dachte an den Mann im Rollstuhl.

»Am Montag habe ich das Geld«, sagte er. »Sag es Joe ... er wird es verstehen. Ich erwarte ...« Er brach ab, als sich Sailor vorschob. Voller Angst, wie er sie nie zuvor gekannt hatte, rief er mit hoher, hysterischer Stimme: »Nein! Rühr mich nicht an! Nein!«

Sailor grinste ihn an.

»Kumpel, du sitzt in der Klemme. Wenn ich nicht für Joe arbeite, dann arbeite ich für Sam Bernstein. Du schuldest ihm 8000. Sam glaubt nicht, daß du ihn bezahlen kannst. Gut, du hast noch Zeit, aber Sam macht sich Sorgen deinetwegen. Auch Joe macht sich Sorgen. Wenn du Joe am Montag nicht bezahlst, dann mach ich dich fertig.« Seine kleinen weißen Zähne glitzerten in dem schwachen Licht, als er bösartig lächelte. »Und wenn du Sams Geld nicht zusammenbekommst, dann mach ich dich so fertig, daß du wünschst, du wärst tot. Verstanden?«

»Sicher«, sagte Anson. Kalter Schweiß rann ihm die Rippen herunter.

»Gut. Du zahlst Joe am Montag ... das ist abgemacht, wie?«

Es geht noch einmal gut, dachte Anson wild. Ich habe zwei Tage gewonnen. Montagabend bin ich bei Meg.

Aber dann ging es doch nicht gut, denn Sailor trat mit einer schnellen, gleitenden Bewegung so dicht an ihn heran, daß Anson sich nicht mehr verteidigen konnte.

Sailor trieb seine hammerartige Faust mit gräßlicher, lähmender Gewalt in Ansons Leib, daß er wie ein Taschenmesser zusammenklappte.

Anson fiel mit dem Gesicht auf den ölverschmierten Betonboden. Er hörte Sailor sagen: »Montag, Kumpel. Wenn du den Zaster dann nicht hast, dann bist du dran, und denk an Sam ... wenn du ihn nicht bezahlst, bist du so gut wie tot.«

Anson lag still, die Hände in den Leib gekrampft, stöhnend drang sein Atem durch die zusammengebissenen Zähne. Undeutlich spürte er, wie die Kälte des Bodens seinen schmerzverzogenen Körper durchdrang, während die schnellen Schritte des Ex-Leichtgewichtschampions von Kalifornien sich auf der Einfahrt entfernten und im Dunkel der Nacht verloren.

Anson lag im Bett. Es war Sonntag, elf Uhr fünfzehn. In der Gegend seines Nabels, wo ihn Hogans Faust getroffen hatte, war die Haut gelb, grün und schwarz. Irgendwie hatte er es geschafft, sich zum Fahrstuhl zu schleppen und sein Apartment zu erreichen. Er hatte drei Schlaftabletten genommen und war ins Bett gegangen. Als er aufwachte, schien die helle Morgensonne durch die Ritzen in den Vorhängen ins Zimmer. Er humpelte ins Badezimmer. Sein Inneres brannte wie Feuer. Mit Schrecken dachte er an das nächste Zusammentreffen mit Hogan, falls es ihm nicht gelang, das Geld für Duncan aufzutreiben. Seine Gedanken wanderten weiter zum nächsten Juni. Er mußte von Sinnen gewesen sein, sich 8000 Dollar von Bernstein zu leihen. Verrückt mußte er gewesen sein, das ganze Geld auf das verdammte Pferd zu setzen! Ein kalter Schauer durchrann ihn, als er an den Tag der Abrechnung dachte. Jetzt war ihm klar, daß er diese Summe niemals aufbringen würde. Er legte die Hand auf seinen schmerzenden Magen und krümmte sich. Hogan würde ihn fertigmachen. Das wußte er. Auch er würde wie ein Idiot herumlaufen, nachdem Hogan ihn in den Fingern gehabt hatte.

Vier Stunden lang lag er da, in finsterer, schwarzer Verzweiflung. Seine Gedanken rasten hin und her wie eine Maus in der Falle auf der Suche nach einem Ausweg.

Ein Gedanke war es, der immer wiederkehrte, auch wenn er ihn sofort wieder verwarf. Aber als die Stunden vergingen und keine andere Lösung sich bot, begann er endlich, ernsthaft über diese Idee nachzudenken.

Bis zu diesem Augenblick war er vor jedem kriminellen Weg, zu Geld zu kommen, zurückgeschreckt, aber jetzt wurde ihm klar, daß ihm nichts anderes übrigblieb, als auf unehrliche Weise Geld zu machen.

Er dachte an Meg Barlowe.

Sie hat irgend etwas vor, sagte er sich. Diese Geschichte von dem Versicherungsbetrug... sie wußte, daß der Trödel, den sie Schmuck nannte, wertlos war. Warum sollte ich sie also besuchen? Warum sagte sie mir, daß ihr Mann am Montag und Donnerstag nicht zu Hause sei? Das könnte ein Ausweg sein ... das ist vielleicht die Chance, auf die ich warte.

Er dachte noch über diese Idee nach, als er in einen Erschöpfungsschlaf fiel, aus dem er erst am Montagmorgen erwachte.

Anson ging leicht schleppenden Schrittes über den großen Parkplatz vor Framleys Kaufhaus. Jede Bewegung verursachte Schmerzen. Er mußte sich zwingen, aufrecht zu gehen.

Er stieß die Pendeltür auf und betrat das von Menschen wimmelnde Geschäft. Er sah sich um, dann fragte er eine Fahrstuhlbedienung, wo er die Gartenabteilung finden könne.

»Im Keller, Abteilung D«, sagte das Mädchen.

Eine große Menge hatte sich um eine Gartenbauausstellung versammelt, was Anson nicht überraschte. Er erkannte dasselbe Genie, das den Garten um Barlowes Haus geschaffen hatte. Menschen wanderten staunend umher und begeisterten sich an den Blüten, den vollkommenen Blumenarrangements, den kleinen Springbrunnen und den wundervoll angeordneten Schnittblumen. Vier Mädchen in grünen Schürzen waren mit ihren Auftragsbüchern beschäftigt. Barlowe stand an einem Schreibtisch, den Bleistift hinter dem Ohr, und sah den Mädchen zu.

Barlowe war so gar nicht der Mann, den Anson erwartet hatte, so daß er, nachdem er ihn ein paar Sekunden angestarrt hatte, eines der Mädchen fragte, ob das Mr. Barlowe sei. Als das Mädchen bejahte, zog sich Anson an den Rand der Menge zurück. Wieder betrachtete er den Mann, der jetzt einen Rosenstrauch verkaufte.

Wie in der Welt kam eine so aufsehenerregende Frau wie Meg dazu, einen solchen Mann zu heiraten, fragte sich Anson. Von seinem günstigen Beobachtungspunkt hinter dem Publikum besah Anson sich Barlowe mit zunehmendem Staunen.

Barlowe mochte Anfang der Vierzig sein. Er hatte einen dicken, schwarzen Haarschopf. Von Figur war er mager und klein. Seine Augen lagen tief in den Höhlen und hatten dunkle Ringe. Der Mund war schmal und übellaunig zusammengepreßt, die Nase spitz und lang. Während er ihn so beobachtete, dachte Anson, daß der einzige Vorzug dieses Schwächlings von Mann seine langen, schmalen Künstlerhände waren: es waren schöne Hände, aber sonst besaß er nichts, das für ihn einnehmen konnte.

Anson entfernte sich von den duftenden Blumen, sein Selbstvertrauen war zurückgekehrt. Er hatte keine ernsthafte Konkurrenz zu befürchten. Er vergaß sogar den bohrenden Schmerz im Magen, als er über den Parkplatz zu seinem Wagen ging. Er hatte noch drei Besuche zu machen. Jetzt war es zwanzig Minuten vor vier. Gegen sieben Uhr konnte er fertig sein und Meg besuchen.

Auf dem Weg zum Wagen kam er an einer Reihe von Telefonzellen vorbei. Es dauerte nur ein paar Minuten, Barlowes Telefonnummer ausfindig zu machen. Er wählte die Nummer.

Meg war am Apparat. Der Klang ihrer Stimme nahm ihm den Atem.

»Guten Tag, Mrs. Barlowe«, sagte er mit erzwungener Munterkeit. »Hier ist John Anson.«

Zuerst blieb es still, dann sagte sie: »Wer?«

Einen Moment ärgerte er sich. Erinnerte sie sich nicht einmal an seinen Namen?

»John Anson: National Fidelity Insurance. Erinnern Sie sich?« Sie sagte sofort: »Aber natürlich. Entschuldigen Sie. Ich versuchte gerade zu schreiben ... Ich war in Gedanken meilenweit weg.«

»Hoffentlich habe ich Sie nicht gestört.«

»O nein. Ich habe an Sie gedacht und überlegt, ob Sie eine Idee für mich haben.«

Er war versucht, ihr zu erzählen, daß er den ganzen gestrigen Tag damit verbracht hatte, an sie zu denken.

»Deswegen rufe ich an... Ich habe tatsächlich eine Idee. Ich dachte...« Er beendete den Satz nicht, seine Hand wurde feucht, als er den Hörer fester griff.

»Ja?« Sie wartete, und als er nichts sagte, fuhr sie fort: »Ich nehme an, Sie sind heute abend nicht frei?«

Anson holte tief Luft.

»Ich bin jetzt in Pru Town. Ich muß noch ein paar Besuche machen, aber ich könnte gegen sieben Uhr bei Ihnen vorbeikommen, wenn es Ihnen paßt.«

»Nun, warum nicht?« Ihre Stimme wurde heller. »Kommen Sie zum Abendbrot. Es gibt nicht viel, aber ich esse nicht gern allein.«

Anson hatte plötzlich Angst, daß sie das heftige Klopfen seines Herzens hören könnte.

»Gut ... dann gegen sieben also«, sagte er, und mit unsicherer Hand legte er den Hörer auf die Gabel.

Sie war kultiviert, sonnengebräunt und sehr selbstsicher. Sie trug ein himmelblaues Hemd und engsitzende weiße Hosen. Sie blieb vor Barlowe stehen und starrte ihn an, so wie man ungefähr einen Kaffeefleck auf dem besten Tischtuch anstarrt.

»Mary Wheatcroft«, sagte sie. »Ist es zum Pflanzen noch zu früh?«

Barlowe wurde die Kehle eng beim Anblick dieser Frau.

»Ja ... ein bißchen früh, aber ich kann den Auftrag schon annehmen. Wir liefern und pflanzen dann, wenn ...«

Ihre saphirblauen Augen streiften ihn gleichgültig.

»Ich brauche zwei Dutzend. Ich bin Mrs. Van Hertz. Ich habe ein Konto bei Ihnen ... arrangieren Sie das für mich«, und damit glitt sie fort, und ihre Hüften wiegten sich unter dem weißen Stoff.

Barlowe sah ihr nach.

Eine der Verkäuferinnen sagte scharf: »Mr. Barlowe ... Sie haben sich geschnitten!«

Barlowe sah das Blut, das von seinen Fingern tropfte. Seine Faust hatte sich unbewußt um das Gartenmesser geschlossen, das er in der Hand hielt.

Seine blaßbraunen Augen wanderten wieder zu Mrs. Van Hertz' arrogantem Rücken. Er hob die Hand und leckte sich das warme Blut von den Fingern.

3

Als Anson in den Seitenweg einbog, sah er, daß das Gartentor und die Garagentür offen waren. Er folgte dem Hinweis, fuhr seinen Wagen in die Garage, stieg aus und schloß die Garagentür, dann ging er zurück und machte auch das Gartentor zu.

Im Wohnzimmer brannte Licht. Als er zur Haustür ging, sah er, wie Megs Schatten sich hinter dem Vorhang durch das Zimmer bewegte.

Sie öffnete die Tür, und einen Augenblick standen sie und sahen einander an.

»Sie sind sehr pünktlich«, sagte sie. »Kommen Sie herein.«

Er folgte ihr ins Wohnzimmer.

Als er den Mantel auszog, sahen sie sich in dem gedämpften Licht wieder an. Sie trug ein flammenfarbenes Kleid mit einem weiten Faltenrock. Sie sah womöglich noch aufregender aus als bei ihrer ersten Begegnung.

»Wir wollen erst essen, ja?« sagte sie. »Dann können wir uns unterhalten. Ich weiß nicht, wie es Ihnen geht, aber ich sterbe vor Hunger. Ich habe den ganzen Tag gearbeitet und habe seit dem Frühstück nichts gegessen.«

»Natürlich, gern«, sagte er, obwohl er keinen Appetit hatte. »Wie läuft die Arbeit?«

»Ach, soso.« Sie machte ein einladende Handbewegung zum Tisch hinüber. Die Schreibmaschine hatte sie beiseite gerückt und zwei Teller hingestellt, auf denen kalter Braten und Mixedpickles lagen. Das Ganze war lieblos hergerichtet. Eine Flasche Whisky, Eis und Wasser waren zur Hand. »Es ist nur eine Art Picknick. Ich koche nicht gern.«

Sie setzten sich an den Tisch, und sie schenkte zwei steife Whisky ein.

»Sie haben also eine Idee für mich?« sagte sie, während sie schnell und gierig aß. »Ich bin ganz aufgeregt, ich brauche so dringend einen guten Einfall.«

Anson nahm einen Schluck Whisky, dann zwang er sich zu essen.

»Wir können uns darüber unterhalten«, sagte er, machte eine Pause und fuhr dann fort: »Mrs. Barlowe ... es interessiert mich ... sind Sie schon lange verheiratet?«

Sie sah auf.

»Ein Jahr ... am Ende des Monats ist unser erster Jahrestag. Warum fragen Sie?«

»Mich interessieren Menschen und ihr Hintergrund. Ich war heute nachmittag in Framleys Kaufhaus. Ihr Mann scheint sehr beschäftigt zu sein.«

»Es ist immer beschäftigt. Er ist der richtige Geschaftlhuber.«

War das Verachtung in ihrer Stimme, überlegte Anson, plötzlich ganz wach.

»Wenn man so viele Leute kennenlernt wie ich, dann ist man oft überrascht, wie wenig manche Ehepaare zusammenpassen. Als ich Ihren Mann sah, habe ich mich gefragt, warum Sie ihn geheiratet haben.« Er brach ab und sah sie an. Ob er zu weit gegangen war? Ihre Antwort ließ ihm ein Prickeln über den Rücken laufen.

»Weiß der Himmel, warum ich den armen Fisch geheiratet habe«, sagte sie. »Ich glaube, ich war ziemlich blöd.«

Sie aß weiter und sah ihn nicht an, während er sie anstarrte. Als sie seinen zudringlichen Blick spürte, sah sie auf.

»Sie essen ja gar nichts ... stimmt irgend etwas nicht?«

Er legte Messer und Gabel fort.

»Mir ging es am Wochenende nicht besonders gut. Tut mir leid. Ich habe einfach keinen Appetit.«

»Aber doch hoffentlich Durst?«

»Doch.«

»Dann gehen Sie doch hinüber zum Kamin. Sie brauchen mir beim Essen nicht zuzusehen. Gehen Sie schon ... ich komme gleich nach.«

Er nahm sein Glas mit hinüber zu der Couch, setzte sich und schaute in die flackernden Flammen.

»Weiß der Himmel, warum ich den armen Fisch geheiratet habe.«

Das konnte das grüne Licht sein, auf das er gehofft hatte.

»Habe ich Sie schockiert?« fragte sie plötzlich. »Sie haben mich gefragt, und ich habe geantwortet. Phil ist wirklich ein armer Fisch. Er hat nur seinen Garten im Kopf. Er hat nur einen Ehrgeiz: einen Blumenladen mit Gewächshaus aufzumachen und Blumen zu verkaufen. Das wird er nie schaffen, weil er niemals Geld genug verdient, um das notwendige Kapital zu beschaffen. Er braucht mindestens 3000 Dollar, um ein eigenes Geschäft zu eröffnen.«

»Ich hätte gedacht, daß man mehr dafür braucht«, sagte Anson.

Meg verzog das Gesicht.

»Sie kennen meinen Liebling Phil nicht. Er ist kleinkariert. Alles, was er braucht, ist ein Gewächshaus und ein bißchen Land.«

»Und warum haben Sie ihn wirklich geheiratet?« fragte Anson und sah ins Feuer.

Es blieb lange still. Er hörte, wie sie das Fleisch auf dem Teller schnitt.

»Warum? Das frage ich mich selbst. Ich dachte, er hätte Geld. Ich wollte aus meiner Umgebung heraus. Nun gut, ich habe einen Fehler gemacht. Jetzt wäre ich am liebsten Witwe.«

Anson beugte sich vor. Er suchte die Wärme der Flammen. Ihm war plötzlich kalt geworden.

Er hörte sie den Stuhl zurückschieben, dann kam sie und setzte sich neben ihn.

»Sie interessieren sich so für mich«, sagte sie. »Warum?«

»Warum?« Anson griff so heftig nach dem Glas, daß seine Knöchel weiß wurden. »Weil ich finde, daß Sie die aufregendste Frau sind, die ich je gesehen habe.«

Sie lachte.

»Das habe ich nicht mehr gehört, seit ich verrückt genug war, zu heiraten.«

»Nun, jetzt hören Sie es. Ich sage es.«

»Nun, wenn wir schon beim Komplimentemachen sind, dann muß ich sagen, daß Sie mir auch sehr gut gefallen.«

Anson zog die Luft tief ein.

»In dem Augenblick, als ich Sie zum erstenmal sah, fand ich Sie schon wunderbar«, sagte er. »Ich habe seitdem ununterbrochen an Sie gedacht.«

»So etwas kommt vor, nicht wahr?« Sie nahm eine Zigarette, zündete sie an und blies den Rauch zum Kamin.

»Man lernt sich kennen, es gibt so eine Art chemische Reaktion – bums – und schon ist es passiert ...« Sie drehte den Kopf langsam zu ihm und sah ihn mit ihren kobaltblauen Augen einladend an. »Wir wollen keine Zeit verlieren, John. Ich habe niemals viel Zeit. Du willst mich lieben, nicht wahr?«

Anson stellte sein Glas weg.

»Ja«, sagte er heiser.

Sie warf ihre Zigarette ins Feuer.

»Dann liebe mich«, sagte sie.

Ein Holzscheit fiel in die rote Glut, und ein Funkenregen erhellte für einen kurzen Moment das Zimmer. Meg schob sich von Anson fort und kniete sich vor den Kamin, sie legte neues Holz nach und stocherte in der Glut.

»Möchtest du etwas trinken?« fragte sie und sah über die Schulter zu ihm.

»Nein ... komm wieder hierher«, sagte Anson.

Sie bewegte sich nicht. Mit dem Feuerhaken schürte sie das Feuer, so daß Schatten über die Decke tanzten.

»Es ist schon nach neun. Kannst du die Nacht über hierbleiben?«

»Ja.«

Sie zündete sich eine Zigarette an, dann hockte sie sich wieder vor den Kamin. Die Flammen beleuchteten ihr Gesicht, als sie sagte: »Erzähl mir von deiner Idee ... der Idee für die Geschichte.«

Anson sah zu den tanzenden Schatten an der Decke hinauf. Er fühlte sich glücklich und entspannt.

»Ja, gut. Aber gib mir erst etwas zu trinken.«

Sie goß die Gläser voll, gab ihm eins und setzte sich wieder auf die Erde vor dem Kamin.

»Fang an ...«

»Ich verstehe nichts von Geschichtenerzählen, aber so ungefähr würde es gehen«, sagte Anson und starrte zur Decke empor. »Ein Versicherungsvertreter braucht dringend Geld. Eines Tages besucht er eine Frau, die eine Anfrage wegen einer Feuerversicherung hat. Er verliebt sich in sie und sie sich in ihn. Sie ist unglücklich verheiratet. Er überredet den Ehemann, eine Lebensversicherung abzuschließen. Die beiden – der Vertreter und die Frau – schmieden einen Plan, wie sie den Mann loswerden können. Da der Vertreter sich in Versicherungsdingen auskennt, kommen sie durch. Durch die Schilderung der Einzelheiten wird die Geschichte interessant.« Er nahm einen großen Schluck und stellte das Glas ab. »Wie gefällt dir die Idee?«

Sie griff nach dem Feuerhaken und stocherte wieder in der Glut, daß sie aufflammte.

»Das ist nicht sehr originell, nicht wahr?« sagte sie zweifelnd. »Als wir uns zum erstenmal sahen, da sagtest du, daß es sehr schwer sei, eine Versicherungsgesellschaft zu betrügen, und jetzt sagst du, daß die beiden damit durchkommen.«

»Es ist nicht nur schwer, es ist gefährlich, aber der Versicherungsvertreter weiß, wie er die Sache anzufassen hat. Wenn er das Geschäft nicht kennen würde, wäre es mehr als gefährlich.«

»Klingt das nicht zu unrealistisch?« Sie legte den Schürhaken weg und drehte sich zu ihm um. »Ich meine, der Leser muß es abnehmen, daß der Ehemann bereit ist, eine Versicherung abzuschließen. Aber warum sollte er das? Nehmen wir mal an, Phil wäre der Mann. Ich weiß bestimmt, daß er niemals eine Lebensversicherung eingehen würde. Er ist grundsätzlich gegen Versicherungen.«

»Es kommt natürlich darauf an, wie die Sache eingefädelt wird«, sagte Anson. »Aber gut, nur um des Beispiels willen nehmen wir an, der Mann wäre Phil, du bist die unglücklich verheiratete Frau und ich der Vertreter.«

Es entstand eine kurze Stille, dann sagte Meg, ohne ihn anzusehen: »Na schön ... nehmen wir das einmal an ...«

»Ich bin sicher, daß ich deinem Mann eine Police verkaufen könnte«, fuhr Anson fort. »Es kommt darauf an, wie ich es anfange, ihn zu angeln ... ich bin ganz sicher, ich könnte es.«

»Wie würdest du es denn anfangen?«

»Da ich weiß, daß er Kapital braucht«, sagte Anson, »würde ich nicht versuchen, ihm die Police als Lebensversicherung zu verkaufen, sondern als Sicherheit für einen Kredit bei der Bank. Banken akzeptieren Lebensversicherungen als Sicherheit für einen Kredit, und da er so versessen darauf ist, sich selbständig zu machen, hätte ich ihn schon halb gewonnen.«

Meg setzte sich bequemer hin.

»Du bist schlau«, sagte sie. »Daran hätte ich nicht gedacht.«

»Das ist erst der Anfang«, erwiderte Anson. »Ich weiß, daß ich ihm keine höhere Deckungssumme als 5000 Dollar aufschwatzen könnte. Das ist nicht sehr viel, nicht wahr? Ihm würde es reichen: er könnte einen Kredit von 3000 Dollar darauf bekommen, aber wenn er plötzlich stirbt, würde es dir wenig nützen, wie?«

Sie schüttelte den Kopf und sah ins Feuer.

»Es wäre auch für mich kaum von Nutzen, aber 50 000 Dollar täten es ... nicht wahr?«

Sie blickte ihn an.

»Ja, aber ...«

»Der Trick dabei ist, daß ich ihn für 50 000 Dollar versichern könnte, während er sich einbildet, er sei nur für 5000 versichert.«

Wieder entstand eine lange Pause, dann sagte Meg: »Jetzt wird es interessant. Nehmen wir an, Phil schließt die Versicherung über 5000 Dollar ab ... was dann?«

Jetzt kommt der gefährliche Punkt in dem Plan, dachte Anson. Er mußte jetzt sehr vorsichtig vorgehen. Vielleicht hatte er es zu eilig gehabt.

»Wir wollen die Geschichte einmal unpersönlicher ansehen«, sagte er. »Ich habe nur deinen Mann genommen, weil sie dann glaubhafter wird. Stell dir also vor, wir haben einen Mann – irgendeinen Mann –, versichert für 50 000 Dollar, obwohl er es nicht weiß, seine Frau und einen Versicherungskaufmann, die sich lieben ... gut?«

»Ja ... natürlich.«

»Die beiden lieben sich und brauchen Geld. Wenn der Mann stirbt, bekommt die Frau 50 000 Dollar, die sie mit ihrem Liebhaber teilen will; aber so einfach ist das nicht, weil der Mann nicht die Absicht hat, zu sterben. Die beiden denken also darüber nach, wie sie ihn beseitigen können. Die Frau darf damit nichts zu tun haben ... mit der Beseitigung des Mannes. Das wäre außerordentlich verhängnisvoll. Sein Tod muß wie ein Unfall aussehen, mit dem die Frau überhaupt nichts zu tun hat.«

»Du hast dir wirklich Gedanken darüber gemacht, nicht wahr, John?« sagte sie und sah ihn mit ihren kobaltblauen Augen aufmerksam an. »Erzähl weiter ... was passiert nun?«

»Nimm an, der Mann ist ein fanatischer Gärtner. Er hat einen kleinen Teich im Garten«, sagte Anson mit etwas heiserer Stimme. »Eines Samstags nachmittags geht die Frau einkaufen und läßt ihren Mann bei der Gartenarbeit zurück. Er fällt von der Leiter und schlägt mit dem Kopf auf den Teichrand auf ... er fällt mit dem Gesicht ins Wasser, und als die Frau zurückkehrt, findet sie ihn ertrunken vor. Natürlich hat in Wirklichkeit der Versicherungsvertreter den Mann niedergeschlagen und ihn im Teich ertränkt.«

Sie sahen einander nicht an. Anson fühlte mehr, als daß er es sah, wie Meg einen Schauder unterdrückte. Sie sagte: »Aber was ist mit diesem Mann, von dem du erzählt hast ... Maddox? Dem Chef der Schadensabteilung?«

Anson nahm einen Schluck. Er brauchte sich keine Sorgen mehr zu machen, dachte er. Sie war bereit, mitzumachen. Abrupt hatte sie die Geschichte ins wirkliche Leben zurückgebracht, als sie Maddox erwähnte. Sie wollte ihren Mann loswerden. Er war sicher, daß er, wenn es ihm gelang, sie zu überzeugen, den Plan in Sicherheit und mit Gewinn durchführen konnte.

»Ja, da ist Maddox. Wir dürfen ihn nicht unterschätzen. Er ist gefährlich, aber seine Gedanken bewegen sich in einem festen Schema. Da sind Mann und Frau, der Mann ist für 50 000 Dollar versichert und stirbt plötzlich. Was ist mit der Frau? So etwa gehen seine Gedanken. Es ist unerläßlich bei unserem Plan, daß du ein wasserdichtes Alibi hast. Er muß absolut überzeugt sein, daß du nichts mit dem Tod deines Mannes zu tun hast. Wenn er einmal davon überzeugt ist, dann läßt er die Forderung durchgehen. Und ich kann ihn überzeugen.«

Sie nahm den Feuerhaken und stocherte das Feuer auf.

»Wenn ich also nach Pru Town ginge, während du ... dich mit

Phil befaßt, wäre alles in Ordnung?« fragte sie so ruhig und gleichgültig, als unterhielten sie sich über einen Film, den sie gesehen hatten.

»Ich glaube schon«, sagte Anson. Er trank seinen Whisky aus und setzte sich aufrecht. »Gefällt dir der Plan?«

Sie wandte sich langsam um und blickte ihn an.

»O ja, John, er gefällt mir. Wenn du wüßtest, wie dieses trostlose Leben mit ihm mich bedrückt! 50 000 Dollar! Ich kann es kaum glauben ... soviel Geld und meine Freiheit!«

Ein leichtes Gefühl der Unruhe beschlich Anson. Das ging zu leicht, dachte er. Entweder hatte sie seit Monaten geplant, Barlowe zu ermorden, oder sie war sich nicht darüber klar, worauf sie sich einließ. Es ging zu leicht.

»Du würdest das Geld bekommen«, sagte er und sah sie fest an. »Ich müßte mich auf dich verlassen, daß du es mit mir teilst. Ich brauche das Geld dringend, Meg.«

Sie stand auf.

»Komm mit nach oben.«

Der Ausdruck in ihren Augen ließ seine Unruhe vergehen.

Irgendwo unten schlug eine Uhr fünf. Durch das offene Fenster drang das erste graue Licht des Tages herein und erhellte das schäbige Schlafzimmer.

Er zog ein Gesicht angesichts dieser Trostlosigkeit, dann sah er Meg an, die neben ihm lag. Das Dämmerlicht ließ ihre Züge weicher erscheinen. Sie sah jünger und noch schöner aus.

»Meg ...«

Sie bewegte sich, murmelte etwas, und ihre Hand berührte seine nackte Brust.

»Schläfst du noch?«

Sie öffnete die Augen und sah ihn ausdruckslos an, dann lächelte sie.

»Nein, nicht richtig ... nur geduselt ...«

»Ich auch.« Er legte den Arm um sie und zog sie an sich. »Ich habe nachgedacht: willst du die Sache wirklich ausführen? Bist du dir klar, daß das nicht etwas ist, was in einer deiner Geschichten passiert?«

»Ich will es durchführen. Ich kann so nicht weiterleben. Ich muß das Geld haben ...«

»So geht es mir auch, aber es ist nicht leicht. Wir müssen an eine Menge denken. Wir haben erst angefangen, das sind erst die groben Züge.«

Sie war jetzt hellwach und setzte sich auf.

»Ich werde Kaffee machen. Dann können wir uns unterhalten. Wir haben vielleicht keine Möglichkeit mehr dazu ... uns richtig zu unterhalten.«

Sie hatte natürlich recht. Von jetzt an mußte er sehr vorsichtig sein, wenn er sie wiedersehen wollte. Wenn Maddox jemals erfuhr, daß sie seine Geliebte war, dann war ihr ganzer schöner Plan geplatzt.

Er wartete auf sie und horchte, wie sie unten hin und her ging. Dann kam sie mit dem Kaffee zurück und stellte das Tablett auf einen Tisch neben dem Bett.

Sie trug ein hellgrünes Nylonnachthemd, das völlig durchsichtig war. Sie goß eine Tasse Kaffee ein und reichte sie ihm.

»Wenn wir es tun ... bist du sicher, daß es klappt?« fragte sie, während sie sich auch eine Tasse einschenkte, und setzte sich auf die Bettkante.

Ihre Haltung beunruhigte ihn, er ärgerte sich sogar darüber. Sie konnte doch nicht derart kaltblütig sein, wie sie sich anhörte, dachte er. Wahrscheinlich begriff sie gar nicht, was sie tatsächlich planten.

»Nein, ich bin nicht sicher«, sagte er, fest entschlossen, ihr das Gefahrvolle ihres Plans klarzumachen. »Wir brauchen Zeit. Ich muß jede Bewegung vorher planen. Aber zuerst muß ich absolut sicher sein, daß du wirklich dazu bereit bist, daß du tatsächlich mitmachst.«

Sie machte eine ungeduldige Bewegung.

»Aber natürlich bin ich das.«

»Begreifst du, was wir vorhaben?« Anson machte eine Pause, dann fuhr er langsam und eindringlich fort: »Wir werden einen Mord begehen! Ist dir das klar?«

Er beobachtete sie. Ihre Züge verhärteten sich, aber sie zuckte nicht zurück.

»Hast du mich verstanden, Meg? Wir wollen einen Mord begehen!«

»Ich weiß.« Sie sah ihn an, ihr Mund war schmal und entschlossen. »Hast du Angst?«

Er holte tief Luft.

»Ja ... ich habe Angst. Du nicht?«

Wieder machte sie eine ungeduldige Geste.

»Er tut mir nicht einmal leid. Ich habe ein Jahr mit ihm zusammenleben müssen. Monatelang habe ich darüber nachgedacht, wie glücklich ich wäre, wenn er tot wäre ...«

»Du hättest dich von ihm scheiden lassen können«, sagte Anson und blickte sie an.

»Und was hätte ich davon? Jetzt habe ich wenigstens ein Dach über dem Kopf und mein Essen – keine andere Frau, außer einer Verrückten, würde ihn anschauen... und ich kann ihn nicht mehr in meiner Nähe ertragen. Du glaubst doch nicht, daß er in diesem Bett schläft! Ich schließe mich ein. Ich habe mich eingeschlossen seit unserer ersten furchtbaren Nacht. Du weißt nicht... er ist ekelhaft... er ist...« Sie brach ab und schüttelte sich. »Ich kann darüber nicht sprechen. Es gibt Männer, die sind nicht normal... Ich werde froh sein, wenn er tot ist!«

Anson beruhigte sich. Jetzt verstand er ihre Gleichgültigkeit. Endlich hatte er jemand gefunden, mit dem er zusammenarbeiten konnte. Auf diese Frau konnte er sich verlassen.

»Entschuldige«, sagte er. »Ich wußte nicht, daß es so schlimm ist. Nun gut... Wir tun es, aber du mußt mir helfen nachzudenken. Wenn ich einen Fehler mache, bist du dran. Glaub nicht, daß die Geschworenen mit dir sanft verfahren würden. Eine Frau, die um des Profits willen ihren Mann umbringen läßt, wird nicht mit Glacéhandschuhen angefaßt.«

»Warum solltest du einen Fehler machen?«

Anson lächelte grimmig.

»Mord ist eine eigenartige Sache. Man kann ihn sorgfältig planen und sich ungeheuer gescheit anstellen, aber man kann trotzdem einen Fehler machen, und ein einziger Fehler genügt.«

»Glaubst du?« Sie setzte ihre Tasse hin und zündete sich eine Zigarette an. »Ich nicht. Ich habe Zutrauen zu dir, John. Ich glaube, daß du klug genug bist, keinen Fehler zu machen.«

»Hast du Geld?« fragte er abrupt. »Ich brauche 3000 Dollar, wenn die Sache so funktionieren soll, wie ich es vorhabe.«

»3000 Dollar?« Sie starrte ihn an. »Ich besitze nicht einmal 20 Dollar.«

Das hatte er erwartet. Es wäre auch zu schön gewesen, wenn sie das Geld gehabt hätte, das er brauchte.

»Na schön... ich werde es schon irgendwie beschaffen.«

»Aber wozu brauchst du 3000 Dollar?« fragte sie neugierig.

Anson hatte Sinn für dramatische Effekte. Er schlug die Bettdecke zurück, so daß sie den furchtbaren Bluterguß sehen konnte, der seine Magengegend in allen Farben schillern ließ.

Meg hielt die Luft an. »Was ist das? Das muß ja schrecklich weh tun... John! Was ist passiert?«

Er deckte sich wieder zu. Ihr Mitleid ließ die Begegnung mit Hogan jetzt unwichtig erscheinen.

Er sah zur Decke empor und erzählte ihr von Hogan und Bernstein.

»Ich bin in der Klemme«, schloß er. »Ich brauche Geld. Monatelang habe ich nach einem Ausweg gesucht. Jetzt habe ich dich gefunden. Wir beide können zusammen entkommen auf Kosten eines Menschenlebens.«

»Du schuldest dem Buchmacher 1000 ... wofür brauchst du dann 3000?« fragte Meg.

»Ich brauche 2000, um die erste Prämie für eine Lebensversicherung über 50 000 Dollar einzuzahlen«, sagte Anson. »Bevor die erste Prämie bezahlt ist, können wir überhaupt nicht daran denken, deinen Mann zu beseitigen. Also irgendwie muß ich zu 3000 Dollar kommen.« Er lehnte sich in die Kissen zurück und sah durch die verschmutzten Fenster die Sonne aufgehen. »Ich muß sie stehlen.« Er sah sie an und grinste. »Eines führt zum anderen, nicht wahr? Wenn man sich mit Mord befaßt, muß man zu allem bereit sein, oder gar nicht.«

»Stehlen? Wie meinst du das?«

Er legte die Hand auf ihr Knie.

»So, wie ich es sage. Ich muß 3000 Dollar haben. Es sollte nicht zu schwierig sein. Ich habe mich jetzt festgelegt, ich werde auch einen Weg finden.« Es blieb still, und da sie nichts sagte, sondern ihn nur fragend ansah, fuhr er fort: »Wie ist dein Mann in geschäftlichen Dingen?«

Sie machte eine verächtliche Handbewegung.

»Er hat nur Blumen im Kopf.«

»Nehmen wir an, er muß Papiere unterschreiben. Würde er alle Details lesen, einschließlich des Kleingedruckten? Ist er vorsichtig mit dem, was er unterzeichnet? Manche Leute lesen jedes Wort, andere unterzeichnen, ohne irgend etwas zu lesen. Das ist wichtig. Glaubst du, er würde jedes Wort eines Versicherungsscheins lesen, bevor er unterschreibt?«

»Nein, aber er würde keine Versicherung abschließen.«

»Nimm nur mal an, er hätte den Vertrag vor sich mit drei oder vier Kopien, würde er sie alle nachprüfen?«

»Nein. Er ist nicht der Typ.«

Anson trank den Kaffee aus und stellte die Tasse fort.

»Das wollte ich nur wissen ... es genügt für den Anfang.« Er beugte sich vor und zog sie zu sich heran. »Du machst doch wirklich mit, Meg? Wenn du einmal drinsteckst, gibt es kein Umkehren.«

Sie streichelte sein blondes Haar.

»Warum zweifelst du immer noch?« fragte sie. »Ich habe gesagt, daß ich es mit dir tun werde. Verstehst du nicht? Um dich zu haben und all das Geld, würde ich alles wagen.«

In der Stille des Schlafzimmers, in dem die ersten Strahlen der Sonne den staubigen Spiegel über dem Toilettentisch berührten, während ihre Hände sein Haar und seinen Nacken streichelten, war Anson töricht genug, ihr zu glauben.

Als Anson ein zu weich gekochtes Ei und verbrannten Toast aß, fiel ihm ein gerahmtes Schriftstück an der Wand auf.

»Was ist das?« fragte er und zeigte mit dem Buttermesser zur Wand. »Was ist das da an der Wand?«

Meg trank Kaffee. Es war jetzt zehn Minuten nach acht. Sie trug einen verblaßten grünen Morgenrock, der nicht sehr sauber war. Ihr Haar war ungekämmt, aber trotz des fehlenden Make-up war sie immer noch ungewöhnlich schön.

Sie sah in die Richtung, in die er zeigte.

»Oh, das gehört Phil. Er ist sehr stolz darauf. Es ist eine Schießauszeichnung. Phil ist ein guter Schütze.«

Anson schob den Stuhl zurück und ging durch das Zimmer. Er las das kunstvoll geschriebene Dokument in dem schwarzen Rahmen, das besagte, daß der Kleinkaliber-Club von Pru Town Philip Barlowe bei einem Schützenfest im vergangenen März den ersten Preis im .38er-Kaliber-Schießen zuerkannt hatte.

Nachdenklich ging Anson an seinen Platz zurück. Er setzte sich und schob sein Ei halb gegessen fort. Sein Ausdruck war so gedankenverloren, daß Meg ihn fragend ansah.

»Was ist, John?«

»Er schießt also«, sagte Anson.

»Jetzt nicht mehr, aber früher. Seit fast einem Jahr hat er nicht mehr geschossen. Ich wünschte, er würde noch zu seinem dummen Club gehen, dann wäre er mir aus dem Weg.«

»Besitzt er eine Pistole?« fragte Anson.

»Ja«, sagte Meg und runzelte die Stirn. »Was hast du vor, John?«

»Ist die Pistole hier ... im Haus?«

»Ja.« Sie nickte zu der Anrichte hinüber. »Da drin.«

»Ich möchte sie sehen.«

»Sehen? Aber warum?«

»Kann ich sie sehen?«

Sie zuckte die Achseln, stand auf und ging zu der Anrichte. Aus einer Schublade nahm sie eine Holzkiste und stellte sie auf den Tisch.

Anson öffnete den Kasten, in dem eine .38er Police Special und eine Schachtel mit Munition lagen.

Er nahm die Pistole aus dem Kasten, prüfte, ob sie ungeladen war, dann wog er sie in der Hand.

»Er benutzt sie jetzt nicht mehr?« fragte er.

»Er hat sie seit Monaten nicht angerührt. Warum interessierst du dich so dafür?«

»Glaubst du, daß er es nicht merken würde, wenn ich sie für eine Nacht ausliehe?«

Sie zuckte zusammen.

»Aber warum?«

»Könnte ich sie haben?«

»Ja ... natürlich, aber du mußt mir sagen, wofür?«

»Denk doch mal nach«, sagte Anson ungeduldig. Er schob die Pistole in seine Tasche. »Ich muß 3000 Dollar auftreiben.«

Sie saß regungslos da und sah ihn an.

Er nahm sechs Kugeln aus der Schachtel und ließ sie in seine Tasche fallen.

Es war lange still, dann faßte er nach ihr und zog sie an sich. Seine Hände streichelten ihren Rücken, als er seine Lippen auf ihren Mund preßte.

4

Irgendwann am späten Nachmittag fuhr Anson zu einer Tankstelle an der Autostraße nach Brent. Während der Tankwart seinen Tank füllte und die Windschutzscheibe säuberte, ging Anson in das Büro und weiter zur Toilette. Er ließ die Tür offen, lehnte sich an die Wand und betrachtete prüfend das Büro. Da war ein Schreibtisch, ein Aktenschrank und ein großer, altmodischer Geldschrank. Zwei große Fenster sahen auf die Autostraße.

Er verließ die Toilette in dem Bewußtsein, daß er die Lage des Büros jetzt im Kopf hatte und ging zu seinem Wagen.

Während er seine Rechnung bezahlte, sagte er beiläufig zu dem Tankwart: »Sie haben die ganze Nacht auf, nicht wahr?«

»Jawohl, aber ich habe in drei Stunden frei. Mein Kollege hat die Nachtschicht.«

Vor ein paar Monaten hatte Anson sich mit dem Pächter der Tankstelle wegen einer Versicherung seiner Einnahmen unterhalten. Er wußte, daß sich in dem Geldschrank ungefähr 3000 bis 4000 Dollar befanden. Als er Barlowes Pistole untersucht hatte, war ihm eingefallen, daß die Tankstelle sich gut für einen Überfall eignete.

Er war erstaunt, daß er den Überfall so ruhig planen konnte. Das Gewicht der Pistole in seiner Tasche gab ihm ein Gefühl der Sicherheit. Gegen vier Uhr morgens würde er die Tankstelle betreten und den Tankwart mit vorgehaltener Waffe zwingen, das Safe zu öffnen. Mit ein bißchen Glück konnte er dann seine Schulden bei Joe Duncan begleichen und die erste Prämie für Barlowes Lebensversicherung bezahlen.

Im Marlborough-Hotel ging Anson hinauf in sein Zimmer. Er setzte sich auf das Bett und untersuchte Barlowes Pistole. Er verstand etwas von Schußwaffen, da er zwei Jahre in der Armee gedient hatte. Er überzeugte sich, daß die Waffe in gutem Zustand war, dann lud er sie mit den sechs Kugeln, die er in der Tasche hatte. In seinem Koffer verstaute er die Pistole.

Dann ging er hinunter an die Bar. Nachdem er zwei steife Whiskys zu sich genommen hatte, schlenderte er ins Restaurant. Er bestellte sich etwas zu essen und ließ eine halbe Flasche Rotwein kommen. Er trank selten Wein, aber er brauchte den Korken: er sollte eine Rolle in dem geplanten Überfall spielen. Sein Magen war noch immer nicht in Ordnung, und er hatte keinen Appetit. Er stocherte nur in seinem Essen herum. Gegen neun Uhr ließ er sich die Rechnung kommen. Er steckte den Korken der Weinflasche in die Tasche und ging hinaus zur Herrentoilette. Ein alter Neger, der dort die Aufwartung versah, war in seinem Sessel eingenickt. Schläfrig blinzelte er Anson an, und als er sah, daß keine Bedienung gebraucht wurde, schloß er wieder die Augen.

Anson wusch seine Hände und sah dabei im Spiegel die Reihe der Hüte und Mäntel an dem Garderobenständer hinter ihm. Er wählte einen abgetragenen braun und grün gestreiften Mantel – einen alten, aber auffälligen Mantel – und einen Tirolerhut mit einer lustigen Feder, der auf dem nächsten Hutbrett lag.

Nachdem er seine Hände abgetrocknet hatte, schaute er nach dem dösenden Neger, der leise zu schnarchen begann. Anson nahm Hut und Mantel und verließ das Hotel durch einen Seiteneingang.

Zu seinem Wagen hatte er auf der Straße nur ein paar Schritte zu gehen. Er öffnete den Kofferraum und warf Hut und Mantel hinein, dann schloß er den Kofferraum und ging ins Hotel zurück.

In seinem Zimmer streckte er sich auf dem Bett aus, zündete sich eine Zigarette an und ging in Gedanken noch einmal seinen Plan durch, damit er genau wußte, was zu tun war.

Es schien einfach und klar genug, solange er nicht die Nerven verlor. Gegen drei Uhr morgens würde er das Hotel durch den Personaleingang verlassen. Um diese Zeit war es nicht wahrscheinlich, daß er irgend jemand begegnete. In der Nähe der Tankstelle befand sich ein Seitenweg. Dort würde er seinen Wagen abstellen.

Dann würde er seine blonden Augenbrauen und die Schläfenhaare mit verkohltem Kork färben, ein Taschentuch über die untere Gesichtshälfte binden und zur Tankstelle gehen. Hatte er einmal das Geld, mußte die Telefonleitung unterbrochen werden, und er konnte zum Wagen zurückkehren. Sollte jemand versuchen, sich heldenhaft zu benehmen ... nun gut, er hatte die Pistole.

Unruhig und aufgeregt stand er vom Bett auf. Es war erst zehn Uhr. Er überlegte, was Meg jetzt wohl tat. Sie war den ganzen Tag über in seinen Gedanken. Er ging hinunter zur Bar und traf dort zwei Vertreter, die er kannte, und setzte sich zu ihnen.

Es war fast ein Uhr, als er in sein Zimmer zurückkam. Anson war leicht betrunken und in sorgloser Stimmung. Er nahm Barlowes Pistole aus dem Koffer, setzte sich aufs Bett und balancierte die Waffe in seiner Hand.

Es ist soweit, dachte er. Es kommt eine Zeit, wo jeder Mann, der auch nur einen Pfifferling wert ist, sich entschließen muß, was er mit seinem Leben anfangen will. Mit Meg an meiner Seite und 50 000 Dollar für den Anfang hole ich die Sonne vom Himmel.

Harry Weber hatte seit zwei Jahren die Nachtschicht in der Tankstelle. Das war ein guter Job, und Harry war zufrieden. Er war eine Leseratte, und der Job gab ihm die Möglichkeit, seinen Lesehunger zu stillen.

Nach ein Uhr war es seiner Meinung nach ein flottes Geschäft, wenn er mehr als drei Wagen zu bedienen hatte, bis er seinen Dienst um sieben Uhr morgens beendet hatte. Manchmal fragte er sich, warum die Tankstelle die ganze Nacht geöffnet blieb, aber da er ausruhen und lesen konnte, ging es ihn nichts an, wenn man bereit war, ihm gutes Geld dafür zu bezahlen, daß er auf seiner Kehrseite saß und sich mit Paperbacks vollpumpte, auf die er den größten Teil seines Lohns verwandte.

Ein paar Minuten vor vier machte Harry sich eine Tasse Kaffee. Mit der Tasse in der Hand setzte er sich bequem zurecht, um einen James-Bond-Roman weiterzulesen, als sich die Glastür zum Büro leise öffnete.

Harry sah auf und erstarrte, dann setzte er langsam seine Kaffeetasse auf den Tisch. Das Buch entglitt seiner Hand und fiel auf die Erde.

Der Mann, er ihm gegenüberstand, trug einen merkwürdig aussehenden Mantel und einen Tiroler Hut. Die untere Gesichtshälfte war unter einem weißen Taschentuch verborgen. In der rechten Hand hielt er eine bösartig aussehende Pistole, die auf Harry gerichtet war.

Einen kurzen Augenblick starrten die beiden Männer einander an, dann sagte der Räuber ruhig: »Sei kein Held! Ich will dich nicht umbringen, aber ich werde es tun, wenn ich muß. Mach den Safe auf, und zwar schnell!«

»Jawohl«, sagte Harry zitternd. Langsam erhob er sich.

Der Mann mit der Pistole ging durch das Büro zur Toilette, die Waffe immer auf Harry gerichtet. Er stieß die Tür auf und ging rückwärts in den kleinen, dunklen Raum.

»Mach den Safe auf!« befahl er. »Beeil dich!«

Harry zog die Schreibtischschublade auf. Neben dem Safeschlüssel lag eine .45er Automatic, die von der Firma gerade für solche Fälle wie diesen zur Verfügung gestellt worden war. Er blickte die Pistole an und zögerte. Konnte er sie greifen und schießen, ehe der Räuber schoß?

Anson merkte sein Zaudern, und ein warnender Instinkt sagte ihm, daß in der Schublade eine Pistole lag.

»Keine Bewegung!« schrie er. »Zurück ... Hände hoch!«

Harry erschrak. Wütend über sein Zögern und doch auch froh darüber, hob er die Hände und trat zurück.

Anson kam heran, nahm die Waffe aus der Lade, dann ging er wieder zur Toilette. Dort legte er die Pistole auf die Erde.

»Mach den Geldschrank auf!« sagte er wütend. »Wenn du ein Held sein willst, schieße ich!«

Harry nahm den Schlüssel und öffnete den Tresor.

Ängstlich sah Anson aus dem Fenster auf die dunkle Autostraße.

»Geh hinüber an die Wand!« befahl er. »Dreh dich zur Wand um und keine Bewegung!«

Harry gehorchte.

Anson kniete vor dem Geldschrank und zog eine große Stahlkassette heraus. Sie war unverschlossen. Er öffnete sie. Seine Augen glitzerten beim Anblick der Geldscheine. Als er das Geld in seine Manteltaschen stopfte, hörte er unerwartet das Geräusch eines Motorrades.

Sein Herz setzte aus. Das konnte nur ein Verkehrspolizist sein. Würde er halten oder an der Tankstelle vorbeifahren?

Hastig stopfte er das restliche Geld in seine Taschen, warf die Kassette in den Geldschrank und stieß die Tresortür zu. Er trat wieder in die Toilette.

»Setz dich an den Schreibtisch«, sagte er rasch und bösartig zu Harry. »Schnell! Wenn du mich verzinkst, bist du zuerst dran!«

Harry setzte sich an den Schreibtisch, als das Scheinwerferlicht des Motorrades durch das Fenster blitzte. Einen Augenblick später starb das Motorgeräusch. Es war still.

Kalter Schweiß rann Anson über das Gesicht. Der Polizist hatte angehalten. Er würde hereinkommen!

»Wenn geschossen wird«, sagte Anson, »dann denk daran, daß du zuerst drankommst«, damit zog er die Toilettentür zu, so daß sie nur einen Spalt offenstand. Er konnte nur noch einen Teil des Büros sehen; es machte ihm Sorge, daß er Harry nicht sehen konnte.

Als die Tür sich fast schloß, nahm Harry einen Bleistift und schrieb schnell auf einen Quittungsblock: Überfall. Mann mit Pistole in der Toilette!

Die Bürotür ging auf, und ein großer, rotgesichtiger Polizist kam herein. Er kam oft um diese Zeit vorbei, und Harry hatte immer eine Tasse Kaffee für ihn bereit.

»Hallo, Harry«, sagte der Polizist fröhlich. »Hast du eine Tasse Kaffee für einen alten Freund?«

Anson sah sich in der dunklen Toilette nach einem Ausweg um, merkte aber sofort, daß er in der Falle saß. Das Fenster war zu hoch und zu klein für ihn.

Er hörte Harry sagen: »Ich habe gerade welchen gekocht, Tom.«

Der Polizist zog seine Handschuhe aus, und als er sie auf den Schreibtisch warf, zeigte Harry, der jetzt aufgestanden war, auf die geschriebene Mitteilung.

Der Polizist sah mit gerunzelter Stirn auf den Zettel und sagte: »Was ist das? Soll ich das lesen?«

Anson wußte, daß er verraten worden war. Wieder wunderte er sich, wie ruhig er war. Leise öffnete er die Tür der Toilette.

Harry sah ihn und wurde blaß. Der Polizist starrte immer noch mit krauser Stirn auf die Botschaft, dann sah er auf und erblickte den maskierten Räuber.

»Hände hoch!« rief Anson mit unnatürlich hoher Stimme. Er hob die Pistole, so daß sie direkt auf den Polizisten zielte.

Der Polizist machte große Augen vor Schreck, dann kam er zu sich und richtete sich langsam auf. In Ansons Augen erschien er enorm groß und drohend.

»Zurück an die Wand«, sagte Anson. »Los, los... ihr beide!«

Harry ging eilends zurück, bis seine Schultern an die Wand stießen, aber der Polizist rührte sich nicht.

»Damit kommst du nicht durch, du Gauner«, sagte er mit harter, kratzender Stimme. »Gib mir das Schießeisen. Na los.. du kommst doch nicht durch.«

Dieser dumme Fleischkoloß wollte unbedingt tapfer sein, dachte Anson. Er sah, wie der Polizist eine riesige Tatze ausstreckte. Wieder hörte er ihn sagen: »Gib her ... mach schon!«

Anson bewegte sich nicht. Sein Finger krümmte sich langsam um den Abzug. Als der Polizist mutig auf ihn zukam, fühlte er plötzlich keinen Widerstand mehr am Finger. Der Knall der Explosion und der Schlag in seiner Hand erschreckten ihn. Er trat zurück und schnappte nach Luft. Die Röte wich aus dem wetterharten Gesicht des Polizisten, und die kräftigen Beine knickten zusammen, als ob die Knochen weich geworden wären.

Anson stand bewegungslos da, das Taschentuch über dem Gesicht war naß vor Schweiß. Er sah zu, wie der massive Körper zu Boden sank. Eine riesige Hand faßte noch einmal schwach nach der Tischkante, glitt ab, dann lag der Polizist mit dem Gesicht auf der Erde vor Anson.

Anson eilte zur Tür, blieb stehen, griff nach dem Telefon und riß die Drähte aus der Wand. wütend warf er das Telefon nach Harry, der sein Gesicht mit den Händen bedeckte – die Schießerei hatte ihn fertiggemacht.

Anson rannte in die Nacht hinaus. Das Geld in seinen Taschen schlug schwer gegen die Beine, als er zu seinem Wagen floh.

Am nächsten Morgen ging Anson unmittelbar nach dem Frühstück in das Schreibzimmer des Hotels und schrieb einen Scheck über 1045 Dollar für Joe Duncan aus. Er tat den Scheck zusammen mit einer kurzen Mitteilung in den Umschlag, daß er seine Wetten nicht mehr bei Duncan abschließen werde, klebte den Umschlag zu und ging dann zu einer der Telefonzellen, um Meg anzurufen.

Es dauerte eine Weile, ehe sie antwortete, und es klang sehr ungnädig. Es war zwanzig vor neun, und Anson nahm an, daß er sie geweckt hatte.

»Ich komme heute nachmittag herüber«, sagte er. »Ich will dir etwas zurückgeben, das ich geliehen habe. Bist du zu Haus?«

»Ach, du bist es!« Sie klang noch immer ungnädig. »Du hast mich geweckt!«

Das Bild des zusammensinkenden Polizisten noch vor Augen sagte Anson ungeduldig: »Bist du nun zu Haus?«

»Ja, natürlich.«

»Dann bis drei«, sagte er und legte auf.

Er verließ das Hotel und ging zu Nationalbank von Pru Town. Dort zahlte er 1000 Dollar in bar ein. Dem Schalterbeamten sagte er, daß das Geld sofort seinem Konto in Brent gutgeschrieben werden solle. Dann gab er den Brief an Duncan eingeschrieben auf.

Fünf Besuche mußte er machen. Mit einem Farmer schloß er eine Versicherung über 1000 Dollar ab. Bis zum Mittag versuchte er zwei weitere Interessenten zu überzeugen, daß sie sich bei der National Fidelity versichern lassen sollten, aber er hatte keinen Erfolg. Dann fuhr er zum Mittagessen nach Pru Town zurück. Er kaufte sich die Mittagsausgabe der Pru Town Gazette und las die Nachrichten über den Überfall und die Schießerei in der Tankstelle. Er erfuhr, daß der Polizist Tom Sanquist hieß. Er hatte einen Lungendurchschuß, und sein Zustand war so ernst, daß seine Frau und sein zwölfjähriger Sohn an sein Krankenbett gerufen worden waren.

Ein Bild zeigte Harry Weber, wie er auf die Toilette deutete, in der sich der Pistolenschütze verborgen hatte. Leutnant F. Jenson von der Mordkommission in Brent, war mit der Untersuchung des Falles beauftragt.

Anson legte die Zeitung fort und bestellte Essen. Es freute ihn, daß er Hunger hatte. Sein Magen war wieder in Ordnung, und er konnte mit Genuß die ziemlich schwere Mahlzeit, die in dem Restaurant serviert wurde, verzehren.

Der Kellner, der ihn bediente, redete nur von dem Überfall, und Anson hörte höflich sein Geschwätz an.

»Die dürften an so einsamen Stellen auch nicht soviel Geld aufheben«, sagte der Kellner, als er Anson die Rechnung ausschrieb. »Das mußte ja mal Ärger geben.«

Anson stimmte zu und ging. Im Vestibül traf er die beiden Vertreter, mit denen er gestern nacht getrunken hatte. Auch sie sprachen über den Raubüberfall.

»Das war irgendein Rowdy, der vorbeikam«, sagte der eine. »Ich wette, daß der Mann nicht von hier war. Der ist längst meilenweit weg.«

Anson stimmte auch ihm zu und ging zu seinem Wagen. Er machte noch einen Besuch, um eine Autoversicherung zu erneuern. Da es langsam Zeit wurde, fuhr er zu Barlowes Haus.

Als er die Autostraße entlangfuhr, ging er in Gedanken noch einmal die Geschehnisse der vergangenen Nacht durch. Er konnte keinen Grund erkennen, warum die Polizei auf ihn stoßen sollte. Die Beschreibung, die Weber von dem Straßenräuber gab, war entsprechend seiner Gemütsverfassung ausgefallen. Er sagte, daß der Mann breitgebaut und groß war, was auf Anson nicht zutraf. Den Tirolerhut hatte er richtig beschrieben, aber den Mantel hatte er braun genannt. Sanquist, der im Sterben liegende Polizist, war ohne Bewußtsein und konnte nicht befragt werden.

Auf seinem Weg zurück nach Pru Town hatte Anson nach dem Überfall seinen Wagen an einem Dickicht angehalten und Hut und Mantel hineingeworfen. Der Raub hatte ihm 3650 Dollar eingebracht, also mehr, als er gehofft hatte.

Er war immer noch überrascht, daß er bei der ganzen Angelegenheit so ruhig geblieben war, selbst der Schuß auf Sanquist ließ ihn ungerührt.

Als er die Einfahrt zu Barlowes Haus hinauffuhr, kam Meg zur Tür.

Er ging mit einem Lächeln auf sie zu.

»Hallo«, sagte er. »Da bin ich wieder.«

Sie trat beiseite, um ihn einzulassen. Obwohl sie sein Lächeln erwiderte, blieben ihre Augen ernst. Sie war blaß und wirkte nervös.

Als er den Mantel ablegte, sagte sie, während sie die Tür schloß: »Es ist eben im Radio durchgekommen. Der Verkehrspolizist, auf den geschossen wurde... er – ist tot.«

Anson ging ins Wohnzimmer und wärmte seine kalten Hände am Kaminfeuer. Sie blieb in der Tür stehen, in ihren kobaltblauen Augen stand Furcht.

»Und?«

»Hast du nicht gehört, was ich sage?« fragte sie schrill. »Er ist tot.«

Anson sah sie prüfend an. Wieder staunte er, wie ruhig er war. Der Narr war selbst schuld. Er hätte am Leben bleiben können, aber er hatte es so gewollt. Jetzt konnte er nicht mehr zurück, Barlowe war der nächste. Der Tod des Polizisten besiegelte Barlowes Schicksal.

»Was ist mit dir los?« fragte er.

»Du hast ihn erschossen, nicht wahr?«

Er sah sich im Zimmer um. Sie war wirklich eine Schlampe, dachte er, als er die schmutzigen Frühstücksteller auf dem Tisch sah. Einer von ihnen, natürlich Barlowe, hatte Ei und Schinken gegessen. Der eibeschmierte Teller, die Marmeladenflecken auf dem Tischtuch, die gebrauchten Kaffeetassen neben ihrer Schreibmaschine ekelten ihn an.

Sie beobachtete ihn, wie er die Mappe öffnete und die Pistole herausnahm. Er wischte sie sorgfältig mit dem Taschentuch ab und trug sie im Taschentuch zu der Kommode, wo er sie in den Holzkasten in der Schublade legte. Dann nahm er fünf Kugeln aus der Tasche, wischte auch sie sorgfältig ab, ehe er sie in die Schachtel tat.

»Hast du die Pistole gereinigt?« fragte sie ängstlich.

»Natürlich.«

»Aber du hast sechs Kugeln genommen.«

»Glaubst du, daß er die eine vermissen wird?« fragte Anson und drehte sich zu ihr um.

Sie erschauerte.

»Du hast den Mann also umgebracht ...«

Er ergriff ihr Handgelenk und riß sie heftig an sich.

»Das ist erst der Anfang«, sagte er, während seine Hand über ihren Rücken fuhr. Sie erstarrte und versuchte, sich von ihm zu lösen, aber er hielt sie fest. »Du hast gesagt, daß du mitmachst.« Sein Griff wurde fester. »Küß mich«, sagte er drängend. »Du steckst mit mir im selben Boot. Du kannst nicht mehr entkommen. Küß mich.«

»Erzähl mir von dir«, sagte Anson zwanzig Minuten später. Er saß in dem großen, abgenutzten Lehnsessel vor dem Feuer, Meg lag auf der Couch. »Mach dir nichts draus, wenn ich neugierig erscheine. Überleg dir deine Antworten genau. Meine Absicht ist nur, dich vor der Gaskammer zu bewahren.«

Meg bewegte sich unruhig.

»Warum sprichst du so? Du machst mir Angst.«

»Besser du hast Angst vor mir als vor Maddox«, sagte Anson. »Wenn du deinen Anspruch auf die Versicherungssumme anmeldest, dann richtet Maddox seinen Scheinwerfer auf dich. Auch wenn du ein wasserdichtes Alibi hast, wird er trotzdem noch mißtrauisch sein. Gibt es irgend etwas in deiner Vergangenheit, das ich wissen sollte?«

Sie zog die Stirn kraus, sah ihn aber nicht an.

»Nein .... natürlich nicht!«

»Du bist nicht vorbestraft?«

Sie setzte sich ärgerlich auf.

»Nein!«

»Du hast niemals Ärger mit der Polizei gehabt?«

Sie zögerte, dann zuckte sie die Achseln und sagte: »Für zu schnelles Fahren ... das ist alles.«

»Was hast du gemacht, bevor du geheiratet hast?«

»Ich war Empfangsdame in einem Hotel.«

»Welchem Hotel?«
»Connaught Arms in Los Angeles.«
»War das ein anständiges Hotel? Kein Stundenhotel?«
»Natürlich nicht!«
»Und davor?«
Wieder zögerte sie, ehe sie sagte: »Ich war Hostess in einem Nachtklub.«
Anson wurde wachsam.
»Was hast du da gemacht?«
»Das Übliche: Männern Gesellschaft geleistet, sie zum Trinken aufgefordert.«
»Nun überleg dir genau, Meg: Bist du mit ihnen nach Haus gegangen? Du verstehst, was ich meine.«
»Nein.«
Er beobachtete sie. Ihre Augen blickten wütend.
»Ganz bestimmt nicht?«
»Ich sage doch: nein!« Sie saß jetzt kerzengerade. »Wird dieser Mann solche Fragen stellen, bevor er zahlt?«
Anson schüttelte den Kopf.
»O nein. Aber wenn ihm deine Forderung nicht gefällt, dann setzt er seine besten Detektive auf dich an. Ohne daß du davon etwas merkst, gräbt er deine ganze Vergangenheit aus. Wenn er dein Dossier vor sich hat, entscheidet er, ob er gegen deinen Anspruch angeht oder nicht. Wenn deine Akte schlecht ist, wird er gegen dich vorgehen.«
Sie lehnte sich zurück, ihre Miene verriet, wie sorgenvoll sie war.
»Hätte ich geahnt, worauf ich mich einlasse, dann hätte ich nicht mitgemacht.«
»Du kannst immer noch zurück«, sagte Anson. »50 000 Dollar bekommt man nicht für nichts und wieder nichts. Du brauchst dir keine Sorgen zu machen, wenn du wirklich die Wahrheit gesagt hast. Was hast du gemacht, bevor du Hostess in der Bar wurdest?«
»Ich habe bei meiner Mutter gelebt«, sagte sie, ohne ihn anzusehen.
»Du bist jetzt fast ein Jahr verheiratet. Das ist jetzt äußerst wichtig, Meg. Ich muß die Wahrheit wissen. Hast du, seit du mit Barlowe verheiratet bist, einen Liebhaber gehabt?«
»Ich habe dich gehabt«, sagte Meg und zog ein Gesicht.
»Ich meine nicht mich«, sagte Anson und sah sie prüfend an. »Wir waren vorsichtig, und wir werden vorsichtig bleiben. Ich meine jemand anders ... jemand, mit dem du nicht so vorsichtig warst.«

»Nein, da ist niemand.«

»Ganz sicher? Wenn Maddox feststellt, daß da doch jemand war, wird er sich über ihn hermachen. Es gibt nichts Schöneres für ihn, als wenn eine Frau, deren versicherter Mann plötzlich stirbt, einen Liebhaber hat. Er lebt direkt auf bei einer solchen Situation.«

»Es hat niemand gegeben.«

»Gibt es irgend jemand, der deine wahren Gefühle gegenüber deinem Mann kennt? Irgend jemand, der einen Streit angehört hat, falls ihr euch streitet? Jemand, der aussagen kann, daß du nicht glücklich verheiratet bist?«

Sie schüttelte den Kopf.

»Hier kommt niemand her.«

»Würde dein Mann es mit irgend jemand besprechen?«

Sie schüttelte heftig den Kopf.

»Nein ... da bin ich ganz sicher.«

Anson lehnte sich im Sessel zurück und dachte eine Weile nach, während Meg ihn beobachtete.

»Gut«, sagte er schließlich. »Ich glaube, das genügt. Du bist ganz sicher, daß du mir die Wahrheit gesagt hast? Du wirst es vielleicht nicht glauben, aber alle diese Fragen sind wichtig. Wenn Maddox dein Leben untersucht, und du kannst darauf setzen, daß er es tun wird, dann mußt du über jeden Verdacht erhaben sein. Du hast mir auch bestimmt die Wahrheit gesagt?«

»Ja ... nun hör doch endlich auf damit! Ich habe dir die Wahrheit gesagt!«

»Gut.« Er wurde etwas ruhiger und holte eine Schachtel Zigaretten heraus. Er warf ihr eine hinüber und nahm selbst eine Zigarette. Als sie angezündet waren, fuhr er fort: »Nun zum nächsten Schritt. Ist dein Mann morgen abend zu Haus?«

»Er ist immer zu Haus außer montags und donnerstags.«

»Ich komme gegen 20.30 Uhr. Achte darauf, daß du die Tür aufmachst. Ich muß in das Zimmer hinein, wenn ich ihm etwas verkaufen will. Wenn er an die Tür kommt, läßt er mich vielleicht auf der Schwelle stehen, und man verkauft keine Versicherungen auf der Schwelle.«

»Denke nur nicht, daß du es leicht mit Phil haben wirst, ganz bestimmt nicht.«

Anson stand auf.

»Du brauchst nur dafür zu sorgen, daß du an der Tür bist und mich einläßt. Den Rest besorge ich. Bis morgen abend.«

Sie erhob sich auch.

»John ... Ich möchte gern wissen ... Hast du den Polizisten erschossen?«

Anson nahm seine Tasche.

»Ich habe dir gesagt, daß du keine Fragen stellen sollst.« Er machte eine Pause und sah ihr in die Augen. »Ich habe das Geld, um die Prämie zu bezahlen, das ist alles, was du zu wissen brauchst.«

Er gab ihr keinen Kuß, sondern ging aus dem Haus zu seinem Wagen.

Sobald das Geräusch des Wagens verklungen war, rannte Meg zum Telefon und wählte eilig eine Nummer. Sie hörte es lange klingeln, aber niemand meldete sich.

Am nächsten Abend war warmes, mildes Wetter mit einem hellen Mond. Wie sich herausstellte, war das Ansons Glück.

Meg hatte ihn gewarnt, daß Barlowe schwierig sein würde, aber er hatte nicht geglaubt, daß es so schlimm sein würde. Wie die meisten Menschen mit schwachem Willen war Barlowe nicht nur obstinat, er war sogar unhöflich.

Anson hatte keine Schwierigkeit, in das Wohnzimmer zu gelangen, da Meg ihn einließ, aber als Barlowe von dem Sessel vor dem Kamin aufsprang, die Abendzeitung in der Hand, fühlte Anson sofort die Feindseligkeit, die von diesem kleinen, übellaunigen Mann ausging.

Trotz dieser Feindseligkeit begann Anson gewandt sein übliches Verkaufsgespräch, aber er hatte kaum angefangen, als Barlowe ihn unterbrach.

»Ich interessiere mich nicht für Versicherungen. Das habe ich nie getan und werde es auch nicht tun«, sagte er. »Sie verschwenden Ihre Zeit und meine. Ich wäre dankbar, wenn Sie gehen würden.«

Anson lächelte sein freundlichstes berufsmäßiges Lächeln.

»Ich bin extra von Brent herübergekommen, Mr. Barlowe, um Sie zu sprechen. Sie würden mir einen Gefallen tun, wenn Sie mir nur einen Augenblick zuhören würden. Ich ...«

»Ich will nicht zuhören!« Barlowe drehte sich wütend zu Meg, die im Eingang stand. »Warum hast du ihn eingelassen? Du weißt doch, daß ich niemals mit Vertretern spreche!«

Er setzte sich hin und entfaltete die Zeitung, hinter der er sich verbarg.

Anson und Meg wechselten einen Blick. Sie hob die Schultern, als wollte sie sagen: »Na, was habe ich dir gesagt?«

Für Anson war das eine Herausforderung. Er war einer der Spitzenvertreter der National Fidelity. In all den Jahren war er oft einer brüsken Abweisung begegnet und hatte doch mit einem Versicherungsabschluß gesiegt.

Er sagte zu der Zeitung, hinter der Barlowe sich versteckte: »Natürlich, wenn ich Sie störe, dann gehe ich, aber ich hatte den Eindruck, daß Sie an einer Lebensversicherung interessiert seien. Man hat mir sogar geraten, Sie aufzusuchen.«

Barlowe ließ die Zeitung sinken und starrte Anson mißtrauisch an. »Geraten? Was meinen Sie damit? Wer hat Ihnen das geraten?«

Anson machte eine entschuldigende Handbewegung.

»Mr. Hammerstein«, sagte er. Hammerstein war der Chef von Framleys Kaufhaus, und er hatte keine Bedenken, seinen Namen zu benutzen. Bei Barlowes untergeordneter Position als Verkäufer war es unwahrscheinlich, daß er Kontakt mit einem Mann in Hammersteins Stellung hatte. »Er hat bei mir eine Lebensversicherung abgeschlossen und sagte, es wäre eine gute Idee, wenn ich auch einzelne Mitglieder der Belegschaft aufsuchte. Er nannte mir Ihren Namen.«

Barlowe errötete.

»Mr. Hammerstein gab Ihnen meinen Namen?«

»So ist es«, sagte Anson und lächelte. »Er scheint viel von Ihnen zu halten.«

Barlowe blieb still, dann sagte er etwas milder: »Ich habe kein Interesse. Aber trotzdem vielen Dank für den Besuch.«

»Das macht nichts«, sagte Anson. »Ich freue mich, Sie kennengelernt zu haben. Ich will Sie jetzt nicht länger stören.«

Barlowe stand hastig auf. Er war verlegen.

»Ich wollte nicht unhöflich sein«, sagte er. »Ich möchte nicht, daß Sie denken, ich... Ich meine... Nun, man wird so oft belästigt...«

Anson lächelte breit. Dieser schlechtgelaunte kleine Mann hatte offensichtlich Angst, daß sein Chef erfahren würde, wie brüsk er Anson abgewiesen hatte.

»Ich weiß ... ich weiß«, sagte Anson. »Sie mögen es glauben oder nicht, aber neulich hat irgendein Optimist tatsächlich versucht, mir eine Lebensversicherung aufzuschwatzen.« Er lachte.

Barlowe lachte auch. Er verlor jetzt seine Feindseligkeit und trat vor, um Anson hinauszubringen.

»Wetten, daß er Ihnen nichts verkauft hat?« sagte er.

»Sie würden die Wette nicht verlieren«, erwiderte Anson und lachte wieder.

Barlowe trat in den Flur. Anson blinzelte Meg zu und ging ihm nach.

»Ich habe Ihren Garten bewundert«, sagte er. »Ich würde ihn

gern einmal bei Tage sehen. Als ich herfuhr, sah ich im Scheinwerferlicht ein paar der schönsten Rosen, denen ich je begegnet bin.«

Barlowe wollte gerade die Haustür öffnen, jetzt blieb er stehen.

»Interessieren Sie sich für Gartenarbeit?«

»Ich bin verrückt danach, leider wohne ich in der Stadt. Mein Vater hatte ein Häuschen in Carmel. Er züchtete Rosen, aber sie waren längst nicht so gut wie Ihre.«

»Tatsächlich?« Barlowe hatte sich jetzt völlig entspannt. »Möchten Sie meinen Garten sehen?« Sein übelgelauntes Gesicht besänftigte sich. »Ich zeige ihn Ihnen.«

Er öffnete einen Wandschrank neben der Haustür, und Anson sah, daß in dem Schrank eine Reihe elektrischer Schalter angebracht war. Barlowe drückte sie alle herunter, dann öffnete er die Tür.

Anson trat hinaus, dann blieb er stehen.

Der kleine Garten hatte sich in ein Feenland verwandelt. Obwohl nicht eine Lampe zu sehen war, war der Garten jetzt kunstvoll erleuchtet. Es sah aus, als gäben die Blumen selbst das Licht von sich. Selbst der Springbrunnen und der Fischteich waren in Blau und Gelb gebadet.

»Das ist ja nicht möglich!« sagte Anson und holte tief Luft. Er ging an Barlowe vorbei und stand staunend auf dem Weg. Er brauchte sich nicht einmal zu verstellen. Der Anblick dieser Schönheit, das farbige Spiel der Fontäne, der Zauber der Blumen nahmen ihm den Atem.

»Das habe ich alles allein gemacht«, sagte Barlowe an seiner Seite. »Alles und jedes ... ich zog die Blumen, habe sie beleuchtet, habe die Fontäne angelegt ... das habe ich alles selbst gemacht.«

»Ich würde fünf Jahre meines Lebens geben, wenn ich wüßte, wie man so etwas macht«, sagte Anson und war davon im Augenblick sogar überzeugt.

»Ich habe Jahre meines Lebens damit verbracht, zu lernen, wie man so etwas anlegt«, sagte Barlowe, und plötzlich sah sein Gesicht wieder verkniffen und übellaunig aus. »Und zu was habe ich es damit gebracht? Zu einer schlechtbezahlten Anstellung bei Framley.«

Jetzt ist er soweit, dachte Anson. Jetzt kommt der Augenblick, auf den ich gewartet habe! Er drehte sich zu Barlowe um und sah ihn mit gespieltem Erstaunen an. »Aber warum arbeiten Sie für jemand anders, Mr. Barlowe, mit Ihrem Talent? Sie könnten einen Haufen Geld als Landschaftsgärtner verdienen!«

Barlowe machte eine ärgerliche Geste.

»Glauben Sie, ich hätte nicht auch schon daran gedacht? Wie kann ich das ohne Kapital? Ich kann nichts riskieren. Ich bin verheiratet und habe keinerlei Rücklagen.«

»Keine Rücklagen?« sagte Anson mit ungläubiger Stimme. »Das ist doch lächerlich! Sie haben das hier!« Er winkte dramatisch über den Garten hin. »Jede Bank würde Ihnen Geld vorstrecken, wenn sie das hier sehen würde! Haben Sie mal mit einer Bank gesprochen?«

»Meine Bank leiht mir nichts!« sagte Barlowe bitter. »Ich habe keine Sicherheit anzubieten. Ich bin nicht kreditwürdig. Meine Mutter kostete mich ... nun, lassen wir das. Ich kann keine Anleihe aufnehmen. Selbst das Haus ist bis zum Dach mit Hypotheken belastet!«

Anson entfernte sich von ihm. Er stellte sich an den Rand des erleuchteten Fischteichs und beobachtete die Goldfische, die sich in dem hellen Wasser bewegten. Er stand dort ein paar Augenblicke, ehe Barlowe zu ihm kam.

»Das interessiert mich«, sagte Anson. »Wenn ich einen Garten wie diesen hier sehe ... nun, das finde ich großartig.« Er sah Barlowe an. »Ich sehe unendlich viele Möglichkeiten. Wieviel Kapital würden Sie brauchen, um sich selbständig zu machen? Ich kenne einen Haufen Leute in Brent, Lambsville und Pru Town ... reiche Leute. Die wären verrückt nach einem solchen Garten. Ich könnte Ihnen einen ganzen Batzen Empfehlungen geben. Wieviel Kapital brauchen Sie?«

Barlowes Gesicht war plötzlich wach und hoffnungsvoll.

»Warum stehen wir hier draußen herum?« sagte er und legte die Hand auf Ansons Arm. »Gehen wir doch hinein, und ich erzähle Ihnen alles.«

Als Anson wieder in das Wohnzimmer kam und sich auf die Couch setzte, blinzelte er Meg heimlich triumphierend zu.

»Ich habe noch länger zu arbeiten, Anna«, sagte Anson. »Ich muß einen Versicherungsschein ausstellen. Sie brauchen deswegen nicht hierzubleiben.«

»Ich tue es gern, wenn Sie es wünschen, Mr. Anson«, sagte Anna. »Ich nehme an, das dauert nicht lange.«

»Vielleicht doch. Führen Sie heute abend nicht Ihren Freund ins Kino?«

Anna kicherte.

»Er führt mich, meinen Sie.«

»Gehen Sie ruhig ... machen Sie Schluß. Ich habe sowieso nichts vor.«

Als sie gegangen war, ging Anson an den Materialschrank und entnahm ihm vier Versicherungsformulare. Er legte sie auf den Schreibtisch, dann zündete er sich eine Zigarette an und lehnte sich im Stuhl zurück.

Es war jetzt fünf Tage her, daß er Barlowe dazu überredet hatte, eine Lebensversicherung über 50 000 Dollar abzuschließen. Bevor der Vertrag abgeschlossen werden konnte, mußte Barlowe die übliche ärztliche Untersuchung über sich ergehen lassen. Es wäre ausgesprochenes Pech gewesen, wenn sie ein ungünstiges Ergebnis gehabt hätte, aber das war nicht der Fall. Dr. Stevens, der für die National Fidelity Gutachten ausstellte, hatte Barlowes Lebenserwartung als erstklassig bewertet.

Als Anson Barlowe erklärt hatte, wie er die Lebensversicherung als Sicherheit für einen Kredit verwenden konnte, um zu dem Kapital zu gelangen, das er als selbständiger Gärtner brauchen würde, schmolz Barlowes Widerstand gegen einen Versicherungsabschluß. Er war so versessen darauf, den Vertrag zu unterzeichnen, daß Anson Sorge hatte, ob er ihm nicht zu viele Hoffnungen gemacht hatte. Er mußte Barlowe erklären, daß er, bevor ihn die National Fidelity als Klienten akzeptierte, eine ärztliche Untersuchung vornehmen lassen müsse.

»Der große Vorteil dieser Versicherung für Sie ist«, sagte Anson schnell, um die plötzliche Pause nach der Erwähnung der Untersuchung zu überbrücken, »daß Sie schon ein Jahr nach Abschluß Ihre Bank bitten können, Ihnen 3000 Dollar auf die Versicherung zu leihen, und das wird sie tun. Sie haben nur 150 Dollar für diesen Vorteil zu zahlen.«

Barlowe zog die Augenbrauen hoch. Er zupfte an dem schmutzigen Pflaster an seiner Hand.

»Wollen Sie damit sagen, daß ich ein Jahr warten muß, ehe ich das nötige Kapital beschaffen kann?« fragte er. »Aber ich dachte ...«

»Entschuldigen Sie, Mr. Barlowe, aber noch vor wenigen Minuten sagten Sie mir, daß Sie keine Hoffnung hätten, jemals zu Kapital zu kommen«, sagte Anson ruhig. »Und jetzt können Sie in einem Jahr auf Grund dieser Versicherung Land kaufen und Ihr Geschäft eröffnen.«

Barlowe zögerte, dann nickte er.

»Ja ... nun gut. Was geschieht jetzt also?«

»Sobald ich den Bericht des Arztes habe, komme ich mit dem Vertrag her, damit Sie ihn unterzeichnen«, sagte Anson.

Nur noch ein kleiner Trick war nötig, um den Plan auszuführen.

»Wenn Sie mir die erste Prämie in bar zahlen könnten, dann kann ich Ihnen fünf Prozent Nachlaß geben. So haben Sie einen Rabatt, und ich spare mir die Buchung.«

Und natürlich war Barlowe damit einverstanden gewesen.

Anson nahm ein Vertragsformular, spannte es in die Schreibmaschine ein und füllte die notwendigen Angaben aus. Diese Versicherung lautete auf 5000 Dollar, Nutznießer im Fall des Todes des Versicherten war Mrs. Philip Barlowe.

Er spannte ein weiteres Formular ein und füllte es genauso aus wie das erste. Die dritte und vierte Kopie waren anders. Sie lauteten über 50 000 Dollar. Sollte Barlowe den Unterschied merken, konnte Anson immer noch sagen, daß die Stenotypistin einen Fehler gemacht hatte.

Morgen war Donnerstag. Anson wußte, daß Meg allein sein würde. Am liebsten würde er sie morgen in ihrem einsamen Haus besuchen und die Nacht bei ihr bleiben, aber er wußte, daß das zu gefährlich war. Er würde warten müssen. In sechs Monaten, vielleicht schon eher, würden er und sie so lange zusammenbleiben können, wie sie wollten: er und sie und 50 000 Dollar ... da lohnte es sich zu warten.

Er rief bei ihr an. Meg war am Telefon.

»Es ist alles fertig«, sagte er. »Übermorgen abend komme ich heraus. Ich sagte dir, daß es klappen würde, nicht wahr?«

»Bist du sicher, daß alles klappt?« Ihre angstzitternde Stimme erregte ihn. »Wenn er unterzeichnet hat ... was tust du dann?«

»Warte ab, bis er unterschrieben hat«, sagte Anson. »Ich denke an dich. Ich wünschte, ich wäre bei dir.« Er legte auf.

Wenige Minuten nach sechs Uhr morgens fuhr Philip Barlowe aus dem Schlaf hoch. Er hatte geträumt. Sein grauweißes Kissen war feucht von Schweiß.

Sein Erwachen glich dem eines Tieres: er war sofort da, wachsam, mißtrauisch und etwas ängstlich. Er lag still und horchte, als er nichts hörte, was ihn beunruhigen konnte, ließ die Spannung nach, und er legte sich wieder bequem in seinem Bett zurecht.

Donnerstag!

Nur zwei Tage gab es, die ihm etwas bedeuteten – Montag und Donnerstag. Dann entkam er dem Haus und konnte die Nacht allein verbringen nach der langweiligen Abendschule, in der er versuchte, einer Gruppe pickliger Jungen die Anfangsgründe der Gartenbaukunst beizubringen.

Heute nacht wollte er nach Jason's Glen hinausfahren. Dort würde er mit Sicherheit eine Reihe von Pärchen finden: junge Leute, die sich in ihren gebrauchten Wagen höchst unanständig aufführten. Der Gedanke an das, was er dort früher gesehen und gehört hatte, trieb ihm den Schweiß auf die Stirn.

Eines Tages, dachte er und ballte seine schmalen, wohlgeformten Hände zu Fäusten, werde ich diesen verkommenen Dingern eine Lektion erteilen. Ihre schwächlichen, unmoralischen Umarmungen ekelten ihn. Irgendwann in naher Zukunft würde ein Mädchen begreifen, was es außer Kichern, einem Kampf und heißem Atem noch gab.

Ungeduldig schlug er die Bettdecke zurück und stand auf. Er ging zu dem Spiegel über der Kommode und starrte sich an. Beim Anblick des unordentlichen schwarzen Haares, des weißen, finsteren Gesichts zog er eine Grimasse. Er wandte sich ab und ging zum Schrank. Dort blieb er horchend stehen, dann nahm er einen Schlüssel aus der Schlafanzugtasche. Er schloß den Schrank auf und blickte auf die .38er Pistole, die auf dem Bord lag. Bei der Pistole lag eine weiße Badekappe. Er nahm die Kappe, spannte sie und zog sie sich über den Kopf. Von dem Bord nahm er zwei kleine Gummipolster und schob sie sich in den Mund, zwischen Kiefer und Wangen. Dadurch wurde sein Gesicht voller, sein Aussehen veränderte sich erstaunlich. Er ging zum Spiegel und betrachtete sich wieder. Der schlechtgelaunte, schmalgesichtige Barlowe war verschwunden. Statt dessen schaute ihn ein gespenstisch anmutendes Mondgesicht an, die weiße Badekappe ließ ihn vollkommen glatzköpfig erscheinen. Er griff nach der Pistole. Zärtlich krümmten sich seine Finger um den Abzug, er lächelte.

In nicht allzu ferner Zukunft, dachte er, würde die Pistole zu Leben erwachen. In nicht allzu ferner Zeit ... würde jemand sterben.

Er legte die Pistole wieder auf das Brett, zog die Badekappe vom Kopf, nahm die Gummipolster aus dem Mund und legte alles wieder an seinen Platz. Dann schloß er die Schranktür sorgfältig ab. Eine Weile blieb er stehen und starrte vor sich hin, dann ging er, leise pfeifend, ins Badezimmer.

Zwanzig Minuten später kehrte er zurück in sein Schlafzimmer. Er zog sich an, öffnete den Schrank noch einmal und steckte Badekappe und Gummipolster in seine Hosentasche. Einen Augenblick lang sah er die Pistole an, dann entschloß er sich, sie liegenzulassen.

Er trat hinaus in den Flur. Vor Megs Zimmer blieb er stehen. Er legte sein Ohr an die Tür und horchte. Nichts war zu hören. Ein paar Minuten blieb er stehen, dann wandte er sich mit einer enttäuschten Grimasse zur Treppe und ging hinunter, um sich sein übliches Frühstück mit Ei und Speck zu bereiten.

Von alldem wußte Meg nichts, als sie sich unruhig im Schlaf hin und her warf.

Anson sah gerade einen Stoß Anfragen auf Zeitungsannoncen durch, als das Telefon klingelte.

Anna nahm den Hörer ab.

Als Anson sah, wie ihr normalerweise gelassener Gesichtsausdruck zu Wachsamkeit wechselte, hatte er plötzlich das Gefühl drohender Gefahr.

»Ja ... ja, er ist hier. Ich verbinde Sie.«

Anna sah Anson an und winkte warnend mit dem Hörer. Dann drückte sie auf den Knopf und zischte: »Es ist Mr. Maddox.«

Mit steinernem Gesicht, aber klopfendem Herzen nahm Anson den Hörer und sagte: »Hier Anson.«

Eine harte Stimme bellte kurz angebunden: »Ich muß Sie sprechen. Wie sieht es morgen bei Ihnen aus?«

»Ich kann es einrichten«, sagte Anson. »Irgend etwas Besonderes?«

»Sie glauben doch nicht, daß ich Sie von der Arbeit abhalte, nur um Sie anzusehen, wie?« bellte Maddox. »Also, morgen um zehn Uhr.« Dann hatte er aufgelegt.

Anson legte den Hörer auf die Gabel, schob seinen Stuhl zurück und ging zum Fenster, damit Anna nicht merkte, wie blaß er geworden war.

Vor drei Tagen war Barlowes Versicherungsvertrag über 50 000 Dollar mit seiner Unterschrift versehen zum Hauptbüro gegangen. Wie war Maddox so schnell darauf gestoßen? Anson vergrub seine feuchten Hände in den Hosentaschen, während seine Gedanken rasten.

»Was will er?« fragte Anna neugierig.

Anson zwang sich, wieder zum Schreibtisch zu gehen und sich hinzusetzen.

»Ich weiß nicht«, sagte er und zog den Stapel Anfragen heran. »Was soll ich mir den Kopf zerbrechen?«

Anna zuckte die runden Schultern.

»Nun, wenn Sie sich nicht den Kopf zerbrechen, warum soll ich es dann tun?« Anson sortierte weiter die Anfragen. Um sein Herz herum war es kalt. Maddox! Noch ehe Barlowe tot war, war dieser Kerl schon mißtrauisch ... oder doch nicht?

Anson zündete sich eine Zigarette an. Besser jetzt, als nachdem Barlowe tot war. Wenn es zu gefährlich wurde, konnte er seinen Plan immer noch fallenlassen. Es war besser, das Schlimmste zu erfahren, ehe man so weit geklettert war, daß man nicht mehr zurück konnte.

Maddox!

5

Patty Shaw, Maddox' Sekretärin, tippte eifrig, als Anson das kleine Vorzimmer betrat.

Sie sah auf, nahm die Hände von den Tasten und begrüßte ihn mit einem Lächeln.

»Hallo, John, wie nett, Sie wiederzusehen. Wie ist es denn draußen in der großen weiten Welt?«

Anson erwiderte ihr Lächeln. Alle Vertreter der National Fidelity mochten Patty gern: abgesehen davon, daß sie blond und hübsch war, war sie auch gescheit und hilfsbereit. Sie verstand die Sorgen der Vertreter und wußte, wie Maddox sie entmutigen konnte.

»Nicht übel. Was will er denn?« Anson machte eine Kopfbewegung hin zur Tür, die zu Maddox' Büro führte.

»Der Autounfall von Vodex«, sagte Patty und ließ die blauen Augen rollen. »Er versucht, sich um die Zahlung der Versicherung zu drücken. Jetzt will er Ihre Ansicht hören.«

Anson atmete tief auf vor Erleichterung. Und er hatte schon geglaubt, Maddox wollte an der Police für Barlowe herummäkeln.

»Er kann sich nicht um die Auszahlung drücken!« rief er ärgerlich. »Was ist bloß mit dem Mann los? Vodex war voll bis zum Hals! Wir müssen zahlen!«

»Sie kennen ihn doch«, sagte Patty und zuckte die Achseln. »Er versucht alles, wenn er die Auszahlung vermeiden kann.« Sie drückte einen Knopf an der Sprechanlage. »Mr. Anson ist hier, Mr. Maddox.«

Eine harte Stimme bellte kurz: »Herein mit ihm!«

»Gehen Sie nur hinein«, sagte Patty und winkte zur Tür. »Denken Sie an Daniel in der Löwengrube. Daniel waren die Löwen schnuppe, und den Löwen war Daniel schnuppe.«

Anson zwang sich zu einem Lächeln, dann ging er zu Maddox.

Maddox saß hinter seinem riesigen Schreibtisch, versteckt hinter Bergen von Papier. Papier lag auf dem Fußboden, Papier auf den Stühlen, Papier war überall.

Maddox starrte eine Police an, die er in seiner großen, sommersprossigen Hand hielt. Sein dünnes graues Haar war zerrauft, und sein rotes Gesicht hatte einen finsteren Ausdruck. Maddox war nicht groß, obwohl er im Schutz des Schreibtisches groß wirkte. Er hatte die

Schultern eines Boxers und die Beine eines Zwergs. Seine Augen waren unruhig, wachsam und kalt. Er achtete nicht auf seine gutgeschnittenen Anzüge. Zigarettenasche war auf seine Ärmel, den Schlips und den Schoß gefallen. Ständig fuhr er mit den kurzen Fingern durch das Haar, was sein unordentliches Aussehen nicht verbesserte.

Er lehnte sich zurück und starrte Anson an.

»Kommen Sie herein«, sagte er. »Setzen Sie sich. Dieser Hundesohn Vodex...« Während Anson sich setzte, begann Maddox eine Tirade von Schimpfworten.

Zwanzig Minuten später schüttelte sich Maddox angeekelt und griff nach einer Zigarette.

»Na schön, wir müssen also zahlen! 40 000 Dollar! Ihr Vertreter bringt mich noch um! Haben Sie nicht gesehen, daß dieser Kerl ein Alkoholiker ist? Ihr denkt immer nur an Eure Provision! Wenn Sie nur ein klein wenig Scharfblick hätten, wären wir jetzt 40 000 Dollar reicher!«

»Meine Aufgabe ist es, Versicherungen abzuschließen«, sagte Anson scharf. »Was schimpfen Sie mit mir? Wenn Sie meinen, Sie hätten Grund, sich zu beschweren, dann tun Sie das bei Doc Stevens. Er hat Vodex untersucht und für gut befunden. Wenn Ihnen die Art nicht gefällt, wie ich Versicherungen abschließe, dann sprechen Sie mit Mr. Burrows.«

Burrows war der Präsident der National Fidelity, der einzige Mann, der Maddox etwas zu sagen hatte.

Maddox zündete sich eine neue Zigarette an.

»Gut, gut«, sagte er und machte eine beruhigende Handbewegung. »Behalten Sie Ihr Hemd an. Aber das bringt mich um! 40 000 Dollar! Was ist los mit Stevens? Kann er einen Trinker nicht mehr von einem normalen Menschen unterscheiden?«

»Vodex war kein Trinker«, sagte Anson geduldig. »Er hatte zufällig an dem Abend getrunken, als er den Unfall hatte. Er war jahrelang nicht betrunken gewesen.«

Maddox zuckte die Achseln und beruhigte sich plötzlich. Sein rotes, bewegliches Gesicht verzog sich zu einem sauren Lächeln.

»Na schön, sprechen wir nicht mehr davon. Was macht das Geschäft, Anson? Wie läuft es?«

Anson kannte seinen Mann, er ließ sich nicht täuschen. Vorsichtig sagte er: »Es geht so. Der Monat war schlecht. Ich habe ein paar Kunden in Aussicht, die müssen nur erst ihre Mieten und Rechnungen bezahlen.«

»Sie haben doch gar nicht schlecht verkauft«, sagte Maddox und grub in den Papieren auf dem Schreibtisch. Er fand eine Police und studierte sie, dann sah er Anson plötzlich kalt und durchdringend an.

»Was ist damit? Mit diesem Burschen Barlowe? Sie haben ihn für 50 000 Dollar geangelt?«

Ansons Gesicht war ausdruckslos, als er sagte: »Ach, Barlowe... Ja, das war Glück. Er hatte eine vorgedruckte Anfrage eingeschickt, und ich habe ihn festgenagelt.«

»50 000 Dollar, wie?« Maddox starrte die Police an, dann ließ er sie auf den Schreibtisch fallen. »Wer ist Barlowe?«

»Wahrscheinlich einer der besten Gärtner, die ich je kennengelernt habe«, sagte Anson. »Er arbeitet in der Gartenabteilung in Framleys Kaufhaus. Ich weiß nicht, ob Sie sich für Gartenarbeit interessieren, aber er hat den schönsten kleinen Garten, den ich je gesehen habe.«

»Mich interessiert nichts außer meiner Arbeit vor meiner Nase und dem Federhalter in meiner Hand«, sagte Maddox unfreundlich. »Der Bursche arbeitet also bei Framley, wie? Wie kommt es, daß er sich dann eine Versicherung in dieser Höhe leisten kann?«

»Er will darauf einen Kredit aufnehmen und sich ein Geschäft kaufen«, sagte Anson. »Nach ein paar Jahren wird er wahrscheinlich darum bitten, daß wir ihm die eingezahlten Prämien zurückgeben.«

»Gut für ihn«, sagte Maddox finster. »Und wenn er in der Zwischenzeit zufällig tot umfällt, sind wir 50 000 Dollar los.«

»Stevens meint, daß er eine erstklassige Lebenserwartung hat.«

»Dieser Quacksalber! Der erkennt nicht mal einen Trinker, wenn er ihn sieht!«

Anson sagte nichts. Er beobachtete Maddox, wie er sich eine Zigarette anzündete.

»Die Versicherung ist zugunsten von Mrs. Barlowe abgeschlossen... ist das seine Frau?«

»Ja.« Ansons Herz schlug heftig gegen die Rippen.

»Was ist sie für eine Frau?« fragte Maddox und sah Anson an.

»Sie meinen, wie sie aussieht?« entgegnete Anson gleichmütig, mit fragendem Gesichtsausdruck.

»Ja... ich mache mir gern ein Bild von den Leuten«, sagte Maddox. »Wenn mir eine Versicherung in dieser Höhe vom Himmel in den Schoß fällt und ich höre, daß der Versicherungsnehmer ein kleiner Verkäufer ist, dann interessiert mich das. Was ist sie für eine Frau?«

»Attraktiv, ungefähr 27. Ich habe kaum mit ihr gesprochen, ich habe mit Barlowe verhandelt. Mein Eindruck war, daß sie glücklich verheiratet sind«, sagte Anson vorsichtig.

Maddox nahm die Police wieder in die Hand und las.

»Wie kommt es, daß der Mann die erste Prämie bar bezahlt hat?« fragte er.

»Er wollte es so haben. Er hat Geld im Haus. Ist dagegen etwas einzuwenden?«

Maddox zog eine Grimasse.

»Ich weiß nicht. 1200 Dollar, das ist ein bißchen zu viel Geld, um es zu Haus aufzubewahren. Hat er kein Bankkonto?«

»Ich nehme an. Ich habe ihn nicht gefragt.«

Maddox blies Zigarettenrauch durch seine fleischige Nase. Sein rotes Gesicht hatte einen nachdenklichen Ausdruck.

»Also er will die Versicherung benutzen, um Kredit aufzunehmen... war es das?«

»Das hat er mir jedenfalls erzählt.«

»Um sich als Gärtner selbständig zu machen?«

»Nun, mehr als das... um Land zu kaufen, Treibhäuser, Maschinen und so weiter.«

»Wieviel Kapital braucht er?«

Anson zuckte die Achseln.

»Das weiß ich nicht. Ich habe ihn nicht gefragt. Er sagte, er wolle eine Lebensversicherung abschließen und erzählte mir warum. Ich habe nicht darüber mit ihm diskutiert.«

»So ist es richtig«, sagte Maddox und legte den Versicherungsschein hin. »Solange Sie nur Ihre Abschlüsse machen, haben Sie keine Sorgen, nicht wahr?«

»Das ist mein Job, Abschlüsse zu machen«, sagte Anson ruhig. »Dafür werde ich bezahlt.« Er stand auf. »Haben Sie noch etwas?«

»Nein, ich glaube, das ist alles«, sagte Maddox, ohne Anson anzusehen.

»Dann werde ich zurückfahren. Auf Wiedersehen.«

Maddox nickte abwesend. Er sah Anson immer noch nicht an. Er starrte auf die Police. Ein paar Minuten, nachdem Anson gegangen war, saß er immer noch gedankenverloren da. Dann erwachte er plötzlich zu Leben, drückte auf einen Knopf der Sprechanlage und fragte: »Ist Harmas da?«

»Ja, Mr. Maddox«, sagte Patty. »Ich werde ihn rufen.«

Drei Minuten später kam Steve Harmas, Maddox' Chefdetektiv herein. Er war ein großer, breitschultriger Mann von ungefähr 33 Jahren, mit dunklem Haar und braungebranntem Gesicht, das häßlich, aber nicht unsympathisch war. Er hatte Maddox' Lieblingssekretärin geheiratet, worüber Maddox nie hinweggekommen war. Aber da Harmas bei weitem sein bester Detektiv war, mußte Maddox sich mit der Tatsache abfinden.

»Sie brauchen mich?« fragte Harmas und schlug die langen Beine übereinander, als er sich in den Besuchersessel setzte.

Maddox warf ihm Barlowes Versicherung herüber.

»Sehen Sie sich das an«, sagte er, dann langte er schon nach einer neuen Police und las sie mißtrauisch durch, während die Asche auf sie herabfiel.

Harmas sah sich den Versicherungsschein an, dann legte er ihn auf den Schreibtisch.

»Saubere Arbeit«, sagte er. »Anson ist ein gewiegter Bursche.«

Maddox lehnte sich mit dem Stuhl so weit hintenüber, daß er unter dem Gewicht seiner massiven Schultern knarrte.

»Ich weiß nicht, ob er so gewiegt ist«, sagte er. »Nehmen Sie diese Versicherung. Barlowe ist ein Dutzendverkäufer bei Framley in Pru Town. Wie kommt er dazu, eine Lebensversicherung über 50 000 Dollar abzuschließen?«

Harmas zuckte die Achseln.

»Das weiß ich nicht, erzählen Sie es mir.«

»Das wüßte ich auch gern«, sagte Maddox. »Wenn Barlowe plötzlich tot umfällt, sind wir 50 000 Dollar los. Es heißt, daß er die Lebensversicherung abgeschlossen hat, damit er so viel Kredit aufnehmen kann, wie er braucht, um sich als Gärtner selbständig zu machen. Wozu braucht ein Gärtner 50 000 Dollar?«

Harmas kratzte sich im Nacken. Er kannte Maddox. Er wußte, daß Maddox keine Auskunft von ihm wollte, er sprach nur mit sich selbst.

»Fahren Sie fort ... ich höre zu«, sagte er.

»Das ist auch das einzige, wozu Sie zu gebrauchen sind«, sagte Maddox bitter. »Ich habe da ein komisches Gefühl. Mir gefällt diese Versicherung nicht. Ich habe so die Ahnung, daß sie stinkt.«

Harmas grinste.

»Gibt es denn irgendeine Versicherung, die Ihnen vor die Nase kommt und nicht stinkt?«

»Es gibt ein paar ... aber nicht viele. Und jetzt kommt Ihre Aufgabe. Ich will alles Wissenswerte über Barlowe und seine Frau, ich wiederhole: seine Frau, wissen. Nehmen Sie sich eine Detektei und sagen sie ihr, daß sie alles, was sie ausgräbt, an mich direkt schicken soll. Verstanden?«

»Gut«, sagte Harmas und stand auf. »Wenn Sie das wollen, dann kriegen Sie es.«

»Warum hat der Bursche nicht über 5000 Dollar abgeschlossen?«

fragte Maddox. »Warum 50 000? Warum hat er die erste Prämie bar bezahlt?«

»Keine Ahnung«, sagte Harmas, »aber wenn Sie das so interessiert, dann muß ich es wohl herauskriegen.«

Maddox nickte.

»So ist es... kriegen Sie es heraus.« Er griff nach einer neuen Police und machte sich daran, sie zu prüfen.

Anson war spät aus San Francisco zurückgekommen und wollte gerade ins Bett gehen, als es an der Tür klingelte. Er überlegte, wer ihn zu dieser Zeit noch besuchen könnte, und ging zur Tür.

Eine Frau in schwarzem Mantel und grüngelbem Kopftuch, das ihr Gesicht verdeckte, trat schnell an ihm vorbei ins Zimmer.

»Mach die Tür zu!« sagte sie scharf.

Eilig schloß Anson die Tür und drehte den Schlüssel herum. Meg Barlowe nahm das Kopftuch ab.

»Was tust du hier?« fragte Anson beunruhigt.

»Ich mußte kommen.« Sie zog den Mantel aus und warf ihn über einen Stuhl. »Ich habe den ganzen Tag versucht, dich zu erreichen.«

»Hat dich jemand kommen sehen?« fragte Anson. »Bist du dir nicht im klaren, daß, wenn man uns zusammen sieht...«

»Ich war vorsichtig. Niemand hat mich gesehen. Außerdem, wenn mich jemand sehen würde, dann würde er mich nicht erkennen.« Sie ging zu ihm und legte die Arme um ihn. »Freust du dich nicht, mich zu sehen?«

Als er ihren Körper fühlte, der sich warm an ihn preßte, wurde Anson ruhiger. Er küßte sie leidenschaftlich, bis sie sich von ihm löste.

»Wo warst du?« fragte sie und setzte sich auf die Lehne eines Sessels. »Ich habe versucht, dich anzurufen.«

»Ich bin gerade von Frisco zurückgekommen«, sagte Anson. »Hör zu, Meg, ich habe dir gesagt, daß wir vorsichtig sein müssen. Du darfst mich nicht anrufen. Unser Plan steht und fällt mit der Tatsache, daß wir praktisch Fremde sind. Du mußt das verstehen!«

Sie zuckte ungeduldig die Achseln.

»Was ist denn passiert?«

Er erzählte ihr von seiner Unterredung mit Maddox. Sie hörte zu, und ihre kobaltblauen Augen sahen ihn besorgt an.

»Du brauchst dir keine Sorgen zu machen«, sagte er. »Maddox wird nicht weiter nachforschen. Er gibt sich zufrieden.«

Sie sah auf ihre Hände, als sie fragte: »Wann wirst du... Phil loswerden?«

»Noch nicht. Wir müssen warten. Mindestens vier oder fünf Monate.«

Sie zuckte zusammen.

»Vier oder fünf Monate!«

»Ja. Wenn wir nicht warten, gibt es Schwierigkeiten. Stell dir vor, wie Maddox reagieren würde, wenn dein Mann, wenige Wochen nachdem er sich versichert hat, stirbt. Es wird schon schlimm genug, wenn er innerhalb von vier oder fünf Monaten stirbt, aber noch eher kommt überhaupt nicht in Frage.«

»Wie willst du es anfangen?«

Die Schärfe ihres Blicks war ihm unangenehm.

»Ich weiß es nicht. Ich habe noch nicht darüber nachgedacht. Der Plan, daß er von der Leiter fällt und im Teich ertrinkt, taugt nichts. Es könnte jemand die Straße entlangkommen, während ich die Vorbereitungen treffe. Es muß im Haus passieren.«

Meg zitterte.

»Aber wie?«

»Ich weiß nicht. Ich muß darüber nachdenken. Wenn mir etwas einfällt, sage ich es dir.«

»Aber müssen wir wirklich so lange warten?«

»Wenn wir die Sache überstürzen, machen wir alles kaputt. 50 000 Dollar sind es doch wert, daß man darauf wartet!«

Sie zögerte, dann nickte sie.

»Ja, natürlich«, sagte sie. Nach einer Pause fuhr sie fort: »Du hast also gar keine Vorstellung, wie du es machen willst?«

»Nun hör doch auf damit«, sagte Anson ungeduldig. »Ich habe ihn zumindest für 50 000 Dollar versichert, und schon da dachtest du, daß ich es nie schaffen würde.«

»Ja ... das hast du sehr geschickt angefangen.« Sie stand auf. »Ich muß gehen.« Sie nahm ihren Mantel.

»Gehen?« Anson machte ein wütendes Gesicht. »Aber warum? Da du einmal hier bist ... Er kommt doch heute nicht nach Haus, nicht wahr? Natürlich bleibst du hier ...«

»Ich kann nicht.« Sie zog ihren Mantel an und band sich das Tuch um den Kopf. »Ich habe ihm versprochen, heute abend mit zur Abendschule zu gehen. Deswegen bin ich hier. Er hat mich heute morgen mit hierhergenommen. Ich habe den ganzen Tag versucht, dich zu erreichen.«

Er versuchte, sie in den Arm zu nehmen, aber sie wich zurück.

»Nein, John, ich muß gehen.«

»Wann haben wir denn schon einmal ein paar Minuten für uns?«

fragte er mit vor Enttäuschung scharfer Stimme. »Du bist doch nun einmal hier, komm doch, Meg ... ich brauche dich ...«

»Nein! Ich muß gehen! Ich hätte überhaupt nicht herkommen sollen. Ich muß gehen!«

Der harte Blick ihrer Augen warnte ihn. Es war nutzlos, sie zum Bleiben überreden zu wollen.

»Du kannst mir doch wenigstens einen Kuß geben, oder?« sagte er ärgerlich.

Sie ließ sich von ihm küssen, aber als er leidenschaftlicher wurde, stieß sie ihn heftig fort.

»Ich sagte nein!«

Mit enttäuschtem Gesicht und wütenden Augen ging Anson zur Tür, öffnete sie und sah hinaus auf den leeren Korridor.

»Ich rufe dich an«, sagte er, als sie an ihm vorbeiging.

Er hörte ihre Absätze klappern, als sie zur Straße hinunterging.

Ein staubiger, älterer Buick wartete am Ende der Straße, in der sich Ansons Apartmentblock befand.

Sailor Hogan saß hinter dem Lenkrad, eine Zigarette im Mundwinkel, die Hände auf den Knien. Seine harten Augen blickten abwechselnd in den Rückspiegel, um die Straße hinter dem Wagen im Auge zu behalten oder durch die Windschutzscheibe auf die Straße nach vorn.

Als er Meg aus Ansons Haus kommen sah, ließ er den Wagen an. Er lehnte sich hinüber und öffnete Meg die Wagentür. Sie schlüpfte hinein und warf die Tür zu, als der Wagen davonschoß.

»Nun? Was hat er gesagt?« fragte Hogan.

»Wenigstens vier oder fünf Monate«, sagte Meg und krümmte sich zusammen vor der Explosion, die jetzt folgen mußte.

»Monate?« rief Hogan schrill. »Bist du verrückt? Du meinst Wochen, nicht wahr?«

»Er sagte Monate. Er sagte, daß sie mißtrauisch werden, wenn er es früher tut.«

»Es ist mir doch egal, was er sagt!« fauchte Hogan. »Es muß früher passieren! Ich kann nicht solange warten! Ich brauche das Geld bis zum Ende des Monats!«

»Wenn du glaubst, daß du es besser kannst ... dann sprich du doch mit ihm«, sagte Meg trotzig.

Hogan warf ihr einen bösartigen Blick zu.

»Na schön, Baby«, sagte er. »Wir sprechen noch darüber.«

Er trat so heftig auf das Gaspedal, daß der Wagen vorwärtssprang.

Keiner der beiden sprach, bis sie bei Barlowes Haus angekommen waren. Meg stieg aus dem Wagen und öffnete die Gartentore. Hogan fuhr den Wagen in die Garage. Als Meg die Haustür aufgeschlossen hatte, trat er mit ihr in das dunkle Haus.

Meg zog die Vorhänge im Wohnzimmer zu und machte das Licht an. Hogan ging zum Kamin, steckte die Hände in die Taschen und sah zu, wie Meg eine Flasche Whisky und Gläser aus dem Schrank nahm.

Hogan war mittelgroß, er hatte die breiten, muskulösen Schultern des Boxers, sein welliges, dunkles Haar war kurz geschnitten. Er war auf eine brutale Art hübsch. Während seiner Profilaufbahn war ihm die Nase eingeschlagen worden. Narben zogen sich durch die Augenbrauen, aber das verstärkte seine animalische Anziehungskraft noch.

»Hör zu, Puppe«, sagte er, »da mußt du dich noch anstrengen.« Er nahm das halbvolle Glas Whisky, das Meg ihm gab. »Ich muß das Geld bis zum Ende des Monats haben! Entweder bringst du den Burschen dazu, daß er tut, was er soll, oder zwischen uns beiden ist es aus.«

Meg setzte sich auf die Couch. Sie war blaß, ihre Augen voll Angst.

»Es hat keinen Zweck, Jerry«, sagte sie. »Du kennst ihn nicht so wie ich. Ich fürchte mich vor ihm.« Sie schauerte zusammen. »Ich kann nicht mit ihm fertigwerden. Hätte ich nur nicht auf dich gehört! Hätte ich ...«

»Ach, halt doch den Mund!« zischte Hogan. »Tu, was ich dir sage, oder du kriegst einen Denkzettel, an den du dich erinnern wirst!«

Meg sah ihn an.

»Der Polizist, der bei dem Tankstellen-Überfall erschossen wurde ... das hat Anson getan.«

Hogan fuhr zusammen.

»Anson? Du lügst, du miese kleine ...«

»Er hat es getan!« rief Meg. Sie sprang auf und wich vor Hogan zurück, der mit geballten Fäusten auf sie zuging. »Er hat ihn mit Phils Pistole erschossen!«

Hogan blieb stehen, dann rieb er sich mit feuchter Hand das Kinn.

»So hat er also das Geld aufgebracht!« sagte er erschrocken. »Joe und ich haben uns gewundert, woher er es hatte. Was sagst du dazu ... ein Polizistenmörder!«

»Es hat ihm gar nichts ausgemacht!« rief Meg. »Er ist gefährlich, Jerry, ich warne dich! Seine Augen! Ich habe Angst vor ihm. Wenn du nur nicht auf ihn verfallen wärst!«

»Ich habe schon den Richtigen ausgesucht«, sagte Hogan. Er trank den Whisky aus und stellte das Glas weg. »Es war doch deine Idee, daß Barlowe eine Versicherung abschließt, oder? Wie wären wir weitergekommen, ohne jemand im Versicherungsgeschäft zu haben, der sich auskennt? Anson hat es doch geschafft, nicht wahr? Er mußte es, dafür habe ich gesorgt. Bei dem Geld, das er Sam Bernstein schuldet, und bei dem Druck, den ich dahintersetzen konnte, war er ein gefundenes Fressen.«

Er setzte sich neben sie. »Gib mir noch etwas zu trinken. Pfui Teufel! Ein Polizistenmörder!« Als Meg mit dem vollen Glas puren Whiskys zurückkam, fragte er: »Hat er die Pistole noch?«

»Nein. Er hat sie am nächsten Tag zurückgebracht. Ich habe tagelang versucht, dich zu erreichen, aber du warst niemals da.«

Hogan machte eine ungeduldige Bewegung.

»Hätte ich geahnt, daß er dazu fähig ist, dann wäre ich vielleicht ein bißchen vorsichtiger mit ihm umgegangen ... ein Mörder!« Er trank einen Schluck Whisky und holte tief Luft. »Also, was tun wir? Ich brauche das Geld bis zum Ende des Monats. Das ist eine einmalige Chance. Joe sagte mir heute früh, daß er nicht warten könne. Da ist noch so ein Kerl, der sein Geld hineinstecken möchte, aber Joe will mich zu seinem Partner machen. Der Preis ist gar nicht hoch... 25 000, und Joe stellt keine Fragen.«

»Es nützt nichts, Jerry. Du mußt warten.«

Hogan starrte eine Weile ins Feuer, Meg beobachtete ihn ängstlich.

»Was ist dabei, wenn ich Phil umbringe?« fragte er plötzlich. »Er ist jetzt versichert... das war der schwierige Teil. Ich lege ihn um, und dann haben wir das Geld, ohne auf diesen Kerl Anson warten zu müssen, bis er sich entschließt.«

»Nein!« schrie Meg schrill. »Das lasse ich nicht zu! Du darfst nicht darin verwickelt werden, Jerry! Du mußt genauso ein Alibi haben wie ich! Das ist doch der Witz bei meinem Plan, daß wir beide nichts damit zu tun haben und Anson hereinfällt, wenn irgend etwas schiefgeht. Du mußt dich heraushalten!«

»Aber wir müssen irgend etwas tun!« fauchte Hogan wütend. »Beweg dich ein bißchen. Ich kann nicht fünf Monate warten!«

»Ich werde nachdenken«, sagte Meg verzweifelt.

Hogan stand auf.

»Das rate ich dir, sonst sehe ich mich anderswo nach dem Geld um.« Er griff sie bei den Armen und schüttelte sie. »Hör zu, ich habe langsam die Nase voll davon! Das war doch deine große Idee, nicht? Also, sieh zu, daß alles klappt, oder wir beide sind quitt miteinander. Wir haben uns schon einmal getrennt. Du hast nichts zu bieten, was eine andere Frau mir nicht auch geben kann. Hörst du? Wenn wir uns diesmal trennen, dann ist es für immer!«

»Ich bringe es in Ordnung!« sagte Meg verzweifelt. »Ehrlich, Jerry ... ich finde schon einen Ausweg!«

»Das will ich dir geraten haben!« Er ging zur Tür, blieb stehen und starrte sie an. »Aber tu es ein bißchen plötzlich!«

»Du gehst doch nicht, Jerry?« Sie sah ihn flehend an. »Ich habe dich so lange nicht gesehen. Er kommt heute nicht nach Haus ...«

Hogans zusammengeschlagenes Gesicht verzerrte sich zu einem verächtlichen Grinsen.

»Glaubst du, du reizt mich zum Hierbleiben?« fragte er. »Ich habe etwas zu tun. Kümmere dich lieber um Anson!«

Sie ging zu ihm, aber er stieß sie roh von sich fort.

»Nimm deine Pfoten weg! Streng lieber deinen Kopf an und laß deinen Körper aus dem Spiel! Ich brauche das Geld bis zum Ende des Monats ... oder mit uns beiden ist es aus für immer!«

Er verließ das Haus und schlug die Tür hinter sich zu.

Meg stand bewegungslos da. Erst als das Geräusch des Wagens verklang, ging sie steif zur Couch und setzte sich hin. Konvulsivisches Schluchzen schüttelte sie, aber sie faßte sich schnell. Sie nahm die Whiskyflasche und goß sich das Glas voll. Sie hatte schon einmal geglaubt, daß sie Hogan verloren hätte, aber er war zurückgekommen. Diesmal konnte sie ihn für immer verlieren, wenn sie nicht einen Ausweg fand. Der Gedanke, ihn zu verlieren, machte sie krank und schwach. Sie trank den Whisky, dann warf sie mit einer plötzlichen, verzweifelten Bewegung das Glas ins Feuer.

Als die Wirkung des Alkohols einsetzte und Meg ruhiger wurde, dachte sie an die Zeit, als sie Jerry Hogan kennengelernt hatte. Es schien so lange her zu sein und war doch erst vor drei Jahren geschehen ... wieviel war in diesen drei Jahren passiert!

Damals war sie Kellnerin in einem kleinen Restaurant in Hollywood gewesen. Hogan war mit einem kleinen, fetten alten Mann namens Benny Hirsch in das Lokal gekommen. Später hatte sie erfahren, daß Hirsch Hogans Boxmanager war.

Hogan hatte gerade die kalifornische Leichtgewichtsmeisterschaft verloren. In den ersten zwei Minuten der ersten Runde war er unter einem kinderleichten Schlag zu Boden gegangen. Hinterher tat ihm das Kinn weh, sonst war ihm nichts passiert. Meg hatte keine Ahnung, wer er war. Sie war zu dem Tisch gegangen, ihren Block in der Hand und hatte die beiden Männer gleichgültig angesehen.

Hogan war wütend und ängstlich. Seine Karriere, die seit langem durch sexuelle Exzesse und heftiges Trinken bedroht war, hatte ein plötzliches Ende gefunden. Er merkte, daß Hirsch sich nicht mehr für ihn interessierte. Es gab einen Haufen junger, ehrgeiziger Boxer, die Hirsch Geld bringen konnten, ohne daß er sich mit einem geschlagenen Frauenhelden wie Hogan abgeben mußte, und Hogan wußte das.

»Ein Kaffee«, sagte Hirsch, ohne Hogan anzusehen.

Hogan starrte ihn an.

»Ein Kaffee? Was soll das heißen? Hast du keinen Hunger? Ich brauche ein Steak.«

Hirsch wandte sich um und betrachtete ihn mit sichtlicher Ablehnung und Verachtung.

»So ... du brauchst also ein Steak«, sagte er bitter. »Ich brauche nicht einmal einen Kaffee. Dein Anblick dreht mir den Magen um. Steak! So ein Kämpfer! Du kämpfst am besten im Bett und mit der Flasche.« Er stand auf. »Ich weiß nicht, warum ich überhaupt hierhergekommen bin mit dir. Du bist fertig, Hogan. Für mich bist du nicht mehr als der Kohlgeruch von gestern.«

Aufgeschreckt sah Meg zu, wie Hirsch das Restaurant verließ. Dann sah sie Hogan an, der zusammengesunken auf seinem Stuhl saß, Schweißperlen standen ihm auf der Stirn. Und in diesem Augenblick seiner Niederlage war sie dumm genug, sich in ihn zu verlieben. Als das Restaurant schloß, ging Hogan mit zu ihrem Zimmer, das über einem abgewirtschafteten Reinigungsgeschäft lag. Die wilde, brutale und egoistische Art, mit der er sie nahm, war für Meg etwas völlig Neues. Dieser erste triebhafte Akt einer sogenannten Liebe kettete sie an diesen Mann, er entschuldigte seine Bösartigkeit, seine Feigheit, seine Betrügereien und seine Trunksucht.

Hogan wachte zeitig am nächsten Morgen auf und betrachtete Meg, die noch an seiner Seite schlief. Hier war, sagte er sich, sein Brot und seine Butter. Er wußte, daß er mit Boxen fertig war. Er mußte irgendwie leben, und diese Puppe, mit ihrem Aussehen, konnte ihm wenigstens Essen, Trinken und Zigaretten beschaffen.

Er brauchte ein paar Tage, bis er Meg überzeugt hatte, daß sie, wenn sie ihn als ihren Liebhaber behalten wollte, ihre Arbeit als Kellnerin aufgeben und auf die Straße gehen müsse. Hogan machte es ihr leicht. Er ging zu ein paar Zuhältern, die einen bestimmten, profitablen Abschnitt kontrollierten, und sagte ihnen, daß sein Mädchen dazukäme. Sie sahen ihn nachdenklich an, überlegten, daß er ein Ex-Leichtgewicht war, und fanden, daß es klüger sei, keine Opposition anzumelden.

So betätigte sich Meg für das nächste Jahr auf der Straße und gab ihre Einkünfte willig an Hogan ab, der sie entweder für Rennwetten oder für die allnächtlichen Pokerrunden benutzte, die er und die anderen Zuhälter arrangierten.

Eines Tages kam Meg dahinter, daß das Pokern nur ein Vorwand war. Während sie arbeitete, trieb Hogan sich mit anderen Mädchen herum. Das Geld, das sie verdiente, brachte Hogan mit irgendwelchen Frauen durch, die er zufällig kennenlernte, während Meg ihre Straßen abklapperte.

Betrunken und mit Lippenstift auf dem Hemd kam Hogan eines Nachts nach Haus und erklärte ihr, daß er sich von ihr trennen wolle. Meg hörte mit wachsender Furcht seine verächtlichen, betrunkenen Tiraden an. Ein Leben ohne Hogan, ganz gleich, wie er sich aufführte, war undenkbar für sie.

»Du bringst nur Kleingeld«, hatte Hogan höhnisch gesagt. »Ich suche mir ein Mädchen, das großes Geld verdient ... nicht so ein heruntergekommenes Straßenmädchen wie dich. Ich bin mit dir fertig!«

Am nächsten Nachmittag war Meg in der Damentoilette eines eleganten Hotels. Sie wollte in den vierten Stock zu einem ältlichen Geschäftsmann gehen, der schon ungeduldig auf sie wartete. Neben einem der Waschbecken stand eine teure Handtasche aus Eidechsenleder. Sie starrte sie an, zögerte, dann öffnete sie schnell die Tasche. Eine Menge Fünfzigdollarscheine lagen lose darin. Einen Augenblick sah sie das Geld an, dann griff sie nach den Scheinen und stopfte sie in ihre eigene Tasche. Sie hatte nur den einen Gedanken, daß sie mit diesem Geld Hogan halten könnte.

Als sie gehen wollte, öffnete sich die Tür. Eine Frau und der Hoteldetektiv traten ein.

Hogan kam nicht zur Verhandlung. Meg wurde zu drei Monaten Gefängnis verurteilt, und als sie herauskam, war Hogan verschwunden. Sie hatte kein Geld, keinen Schutz, und die Polizei saß ihr im Nacken.

Schließlich verließ sie verzweifelt Los Angeles und machte sich nach San Francisco auf. Ihr Geld ging aus, als der Greyhoundbus in Pru Town ankam. Sie brachte es fertig, ein kleines Zimmer im obersten Stockwerk eines Geschäftshauses zu mieten. Es war ihr Pech, daß der schlimmste Winter seit fünfzig Jahren hereinbrach. Jeden Tag las man Schlagzeilen in der Zeitung über den Frost, den Schnee und die Kälte. Sie hatte keinen Zuhälter, der sie beschützte, sie hatte kein bestimmtes Gebiet. Sie war krank, erfroren und erledigt, sie hatte aufgegeben und gab ihre letzten Dollar für billigen Whisky aus, als sie Phil Barlowe kennenlernte.

Immer würde sie an den Augenblick denken, in dem er verstohlen aus der Dunkelheit kam. Sie stand unter einer Straßenlaterne, es schneite, und ihre Füße waren eiskalt, ihr Gesicht nur noch eine eisige Maske.

Barlowe trug einen dunklen weichen Hut und einen dunklen Mantel. Er blieb stehen, und sie sahen einander an.

»Suchen Sie ein schlimmes kleines Mädchen?« fragte Meg mühsam, mit erfrorenen Lippen.

»Wie schlimm?«

Die blassen braunen Augen erschreckten sie. Das schmale, bösartige Gesicht konnte das eines Sadisten sein, aber ihr war schon alles egal. Sie brauchte Geld. Wenn dieses böse aussehende Wesen Geld hatte, so wollte sie es mit ihm versuchen.

Sie waren zusammen in ihr Zimmer gegangen. Barlowe hatte sich hingesetzt, ohne seinen Mantel abzulegen. Meg saß zitternd und müde auf dem Bett.

»Nun komm schon, Kleiner«, sagte sie ungeduldig, »sitz nicht da herum.«

»Ich möchte nur mit dir sprechen«, sagte Barlowe. »Ich habe niemand, mit dem ich sprechen kann.«

Sie war so gewöhnt an alle möglichen Verrückten und Perversen, daß sie nicht überrascht war.

»Gut, Kleiner«, sagte sie. »Aber es kostet trotzdem etwas. Gib mir erst dein Geschenk.«

Linkisch zog er seine Brieftasche und gab ihr drei Zehndollarscheine. Meg wollte ihren Augen nicht trauen, sie hatte nicht soviel erwartet.

Ein kleiner Paraffinofen heizte das Zimmer. Er reichte gerade, um den Frost fernzuhalten. Kalt und zitternd vor Fieber zog Meg die Decken über sich und blieb angekleidet auf dem Bett liegen.

Sie hörte kaum, was Barlowe erzählte. Vage begriff sie, daß seine Mutter gerade gestorben war und daß er einsam war. Er sprach und sprach. Irgendwie nahm sie auf, daß er Geld hatte, ein Haus und einen schönen Garten besaß. Schläfrig hörte sie noch, daß er eine gute Stellung in einem Kaufhaus hatte. Dann stahl sich Wärme in ihren Körper, und sie schlief ein.

Als sie am nächsten Morgen aufwachte, war der Ofen ausgegangen, Eis bedeckte das Fenster, und ihr Kopf schmerzte heftig. Barlowe war gegangen. Angstvoll setzte sie sich auf und öffnete ihre

Tasche, aber die dreißig Dollar waren noch da. Sie blieb im Bett, keiner Bewegung mehr fähig, und fürchtete, daß sie sterben müsse.

Irgendwann am Abend, als die Schatten länger wurden und der schmutzige kleine Raum sich in Dunkelheit auflöste, hörte sie ein Klopfen an der Tür.

Sie war jetzt schon zu krank, um sich darum zu kümmern. Undeutlich merkte sie, daß Barlowe sich über sie beugte, sie sah sein verbittertes, bekümmertes Gesicht über sich. Sie wollte etwas sagen, ihm bedeuten, daß er gehen solle, aber die Anstrengung war zu viel für sie. Sie verzog das Gesicht, schloß die Augen und versank in wilde Fieberträume.

Später merkte sie, daß sie in einer Art Hängematte die enge Treppe hinuntergetragen wurde ... die Treppe war so steil, daß es unmöglich war, eine Trage zu benutzen. Sie wachte im Krankenhaus auf und lag zehn Tage auf der Station der Schwerkranken. Jeden Tag kam Barlowe und setzte sich an ihr Bett. Er starrte sie nur an und sagte nichts. Sie war so krank und schwach, daß es ihr gleich war, er war ein Verrückter, aber sie war ihm dankbar für das, was er für sie getan hatte. In diesen zehn Tagen dachte sie unaufhörlich an Jerry Hogan, überlegte, wo er sein mochte und ob er genug Geld zum Leben hatte.

Dann plötzlich wachte sie eines Morgens auf und wußte, daß es ihr besser ging. Ihr einziger Gedanke war, das Krankenhaus zu verlassen, aber sie schreckte vor der Vorstellung zurück, wieder in ihr schmutziges Zimmer mit seinem unzureichenden Ofen zurückzukehren, in dem der Zugwind durch Tür- und Fensterspalten pfiff.

Barlowe kam am Abend. Sie unterhielten sich.

»Ich war sehr krank«, sagte sie. »Ich weiß gar nichts von dir ... warum warst du so gut zu mir?«

»Ich bin nicht gut«, sagte er leise und sah sie mit seinen blassen braunen Augen so hungrig an, daß sie unruhig wurde. »Du und ich, wir sind beide einsam. Ich habe ein Haus, einen Garten, eine gute Stellung. Ich habe meine Mutter verloren. Ich möchte dich heiraten. Willst du meine Frau werden?«

Meg dachte in diesem Augenblick an das Leben, das vor ihr lag, wenn sie versuchen wollte, allein durchzukommen, und sie zögerte nicht. Eine Ehe war für sie eine nützliche Sache. Klappte sie nicht, konnte man sich immer noch scheiden lassen. Und so nahm sie seinen Antrag an.

Eine Woche, nachdem Meg aus dem Krankenhaus gekommen war, heirateten sie. Zuerst hatten ihr das einsame Haus und der Garten gefallen. Sie glaubte, daß sie hier vielleicht ein wenig Glück finden konnte, aber sie verlor ihre Illusionen sehr schnell.

Nie konnte sie an ihre erste und letzte gemeinsame Nacht denken, ohne zu schaudern. Sie endete damit, daß Meg sich einschloß, während Barlowe vor der Tür kniete und um Einlaß flehte. Bitter mußte sie erkennen, daß sie einen jener krankhaft veranlagten Männer geheiratet hatte, mit denen sie so oft zu tun gehabt hatte, als sie noch in Hollywood auf den Strich ging.

Aber sie wußte, daß sie hart und rücksichtslos genug war, um mit diesem kranken kleinen Mann fertig zu werden. Sie lebten nebeneinander her. Als sie ein paar Monate später in Brent einkaufen ging, stand sie plötzlich vor Sailor Hogan.

Der Anblick seines unbekümmerten, hübschen Gesichts traf sie wie ein Messerstich ins Herz. Eine Stunde später lagen sie in seinem Apartment im Bett, und sie erzählte ihm von Barlowe.

Sie trafen sich oft, und in diesen Wochen entstand die Idee, daß Barlowe ihnen das Geld einbringen könnte, nach dem sie verlangten.

Hogan kannte einen Versicherungsvertreter. Meg hatte die Idee, für Barlowe eine Lebensversicherung abzuschließen. So heckten sie den Plan aus, Barlowe umzubringen.

Aber jetzt, als Meg betrunken auf der Couch saß und ins Feuer starrte, begriff sie, daß sie Hogan wiederum verlieren würde, wenn ihr nicht irgend etwas einfiel. Sie saß da, die Hände zwischen den Knien zu Fäusten geballt, und ihre Gedanken rasten. Ihr Herz hämmerte bei der Vorstellung, daß sie noch einmal ohne ihren brutalen, grausamen Liebhaber leben müßte.

6

Barlowe stand an der Schlafzimmertür und horchte. Es war kurz nach halb zehn am Sonntagabend. Unten sah Meg sich ein Fernsehprogramm an. Er hatte ihr gesagt, daß er müde sei und zu Bett ginge. Sie hatte gleichgültig die Achseln gezuckt.

Er war beruhigt, daß sie mit einem Popsänger beschäftigt war, der sich für seine Ohren gräßlich anhörte. Er schloß den Schrank auf, entnahm ihm die weiße Badekappe und die Schaumgummipolster, dann nahm er mit einem Grinsen die .38er Pistole, sah nach, ob sie geladen war und steckte sie in die Manteltasche.

Leise verließ er das Schlafzimmer und schloß hinter sich ab. Er kroch die Treppe hinunter, blieb einen Augenblick vor der Wohnzimmertür stehen, um dem gellenden Gesang des Popsängers zuzuhören, dann trat er hinaus in die heiße, stille Nacht.

Er konnte den Wagen nicht benutzen, denn Meg hätte ihn fortfahren hören. So machte er sich zu Fuß auf den langen Weg hinüber nach Glyn Hill, einem der ruhigen Aussichtspunkte, wo die jungen Leute ihre Wagen parkten und sich mit ihren Mädchen beschäftigten.

Es war fast halb elf, als er auf der Lichtung, von der aus man Pru Town sah, ankam. Wie eine schwarze, unheilvolle Krabbe bewegte er sich durch das Unterholz.

Ein einzelner Wagen parkte unter den Bäumen. Es war noch früh. In einer Stunde würden dort mehrere Wagen stehen. Aus dem Auto drang schwach der Klang von Tanzmusik im Radio. Nachdem Barlowe festgestellt hatte, daß außer ihm und den beiden im Wagen kein Mensch auf dem Plateau war, nahm er seinen Hut ab und zog die weiße Badekappe über den Kopf. Dann setzte er wieder den Hut auf und steckte die Polster in den Mund. Er nahm die Pistole aus der Tasche und kroch leise und schnell zu dem Wagen.

Sein Herz hämmerte, er atmete heftig und keuchend ... diesmal würde er nicht nur Zuschauer sein.

Als Anson am nächsten Morgen, einem Montag, sich fertigmachte, um nach Pru Town zu fahren, klingelte das Telefon.

Anna nahm den Hörer ab und sagte: »Ja, er ist da. Wer spricht da bitte?« Dann wandte sie sich zu Anson: »Eine Mrs. Thompson möchte Sie sprechen.« Sie drückte auf den Knopf.

Ungeduldig griff Anson nach dem Hörer.

»Ja? Hier Anson.«

»John ... ich bin's.«

Es war ein Schock für Anson, als er Megs Stimme erkannte. Verstohlen sah er hinüber zu Anna, die Papierbogen in ihre Schreibmaschine einspannte. Er war erschrocken über Megs Unvorsichtigkeit, ihn im Büro anzurufen, aber auch glücklich, ihre Stimme zu hören.

»Ja, Mrs. Thompson?« sagte er.

»Ich muß dich heute abend sprechen. Es ist etwas passiert.«

Vorsichtig sagte Anson: »Ich glaube, ich kann es einrichten. Vielen Dank für den Anruf.« Dann legte er auf.

Da Anna sich nicht für den Anruf zu interessieren schien, gab Anson sich nicht erst die Mühe, ihr etwas vorzulügen. Eilig erledigte er seine Vorbereitungen. Nachdem er Anna gesagt hatte, daß er am nächsten Morgen zurück sein würde, ging er hinunter zu seinem Wagen.

Den ganzen Tag über dachte er an Meg und überlegte, was sie veranlaßt haben mochte, ihn anzurufen. Auf seinem Weg zum Lunch im Marlborough hielt er bei einem Drugstore an, um sich Rasierwasser zu kaufen. Als er bezahlte, sagte eine Frau, die nach ihm gekommen war: »Hallo, Johnny, lange nicht gesehen.«

Er drehte sich ruckartig um und sah Fay Lawley, das Mädchen, mit dem er früher zusammen gewesen war, ehe er sie Megs wegen fallengelassen hatte.

Fays etwas gewöhnliche Schönheit und ihre offen zur Schau getragene Gier hatten Anson einmal angezogen, aber als er sie jetzt betrachtete, fragte er sich, wie er sie jemals hatte interessant finden können.

»Hallo, Fay«, sagte er mit kalter, abweisender Stimme. »Entschuldige, ich habe es eilig.«

»Sehen wir uns heute abend, Johnny?« fragte Fay und starrte ihn hart und herausfordernd an.

Er zwang sich zu einem Lächeln.

»Ich fürchte nein ... heute abend nicht. Ich rufe dich an, wenn ich das nächste Mal in der Stadt bin.«

Er versuchte an ihr vorbei zur Tür zu gehen, aber sie hielt ihn am Ärmel fest.

»Weißt du noch, wer ich bin?« Ihre Augen waren jetzt hart wie Granit, sie erschreckten ihn. »Du und ich, wir haben uns einmal die Woche getroffen, weißt du noch?«

Er riß sich zusammen und schüttelte sie ab.

»Nimm's nicht tragisch, Fay ... ich habe zufällig keine Zeit.«

Er schob sich an ihr vorbei und ging zum Wagen, Schweiß stand ihm auf der Stirn, und er fühlte sich sonderbar beunruhigt.

Er fuhr zum Marlborough und parkte seinen Wagen. Im Restaurant traf er Harry Davis, einen Vertreter für Benzin und Öl, den er auf seinen Fahrten kennengelernt hatte.

Davis war ein rundlicher Mann mittleren Alters, der es verstand, mit jedem Menschen auszukommen. Aber mit der Sorge um Meg auf der Seele wäre Anson lieber allein geblieben.

Nachdem sie ihren Lunch bestellt hatten, fragte Davis Anson, wie die Geschäfte gingen. Die beiden besprachen die geschäftliche Situation, während sie ihre ausgezeichnete Erbsensuppe aßen. Als der Kellner das Brathähnchen brachte, sagte Davis: »Ich weiß nicht, wohin diese Stadt gekommen ist! Zwei Schießereien in zehn Tagen! Wir brauchen einen besseren Polizeichef! Solche Gewalttaten müssen ein für allemal unterdrückt werden!«

Anson horchte auf.

»Zwei Schießereien! Was ist los?«

»Haben Sie nicht die Morgenzeitung gelesen?«

»Nein. Was ist passiert?«

Glücklich lehnte sich Davis im Sessel zurück.

»Ein schreckliches Sexverbrechen! Ein junges Paar hat gestern abend auf Glyn Hill im Wagen getändelt, als ein Irrer mit einer Pistole auf sie los ging. Er hat den Mann erschossen und das Mädchen vergewaltigt. Ich kannte den Ermordeten ... er ist seit sechs Monaten mit dem Mädchen eng befreundet gewesen. Eine gräßliche Geschichte! Das Mädchen ist furchtbar zugerichtet worden. Natürlich hat die Polizei keine Ahnung. Wenigstens haben sie die Beschreibung des Killers. Das und die Tankstellen-Schießerei muß Jenson ganz schön zu schaffen machen.«

»Mit dem Tankstellen-Mord ist er auch nicht weitergekommen, nicht wahr?« sagte Anson und schnitt sich ein Stück Fleisch ab.

»Nein. Ich glaube, deswegen kann man ihm keine Vorwürfe machen. Das war sicher ein Schläger von außerhalb, der zufällig hier durchkam, aber die Geschichte von gestern ist etwas ganz anderes.« Davis kaute nachdenklich eine Weile, dann fuhr er fort: »Ich habe eine Tochter, auch ein Teenager ... man kann nie wissen – wenn so ein Schwein einmal ein Mädchen vergewaltigt, tut er es vielleicht noch einmal.«

»Ja«, sagte Anson, aber er war nicht mehr interessiert. Seine Gedanken wanderten zurück zu Meg. Etwas war passiert. Er hörte nur halb zu, wie Davis erzählte und erzählte.

Als Meg die Tür öffnete, sagte Anson: »Du machst mir Sorgen. Ich habe dir doch gesagt, daß du mich nicht im Büro anrufen darfst!«

»Ich mußte dich sprechen«, sagte Meg und ging voran ins Wohnzimmer.

Er legte den Mantel ab und ging zu ihr ans Feuer.

»Was ist los?«

»Setz dich.«

Ungeduldig setzte er sich auf die Couch, während sie sich zu seinen Füßen auf die Erde setzte.

»John ... es klappt nicht. Wir gehen hier fort.«

Anson fuhr hoch. Er fühlte sich plötzlich kalt und leer.

»Fort? Was heißt das?«

»Phil hat es mir gestern abend erzählt. Wir gehen Ende des Monats nach Florida.«

»Florida?« Anson starrte sie an. »Meg! Was sagst du da?« Sie zuckte hoffnungslos die Achseln.

»Das hat er mir gesagt. Irgendwer ... ein Mann namens Herman Schuman ... hat eine große Gärtnerei in Florida. Er war zufällig vor ein paar Tagen bei Framley und sah, was Phil kann. Er hat ihm eine Teilhaberschaft angeboten. Phil ist völlig aufgeregt. Das ist genau das, was er sucht, und kein Risiko dabei.«

Anson sank zurück in die Kissen des Sofas.

»Ende des Monats?«

»Ja. Phil kündigt Ende der Woche. Und da ist noch etwas anderes. Er will die Versicherung kündigen. Er braucht das Kapital nicht mehr.«

»Gehst du mit ihm?« fragte Anson.

»Was kann ich anderes tun?« Meg griff plötzlich nach seinen Händen. »O John! Ich brauche dich so! Was können wir tun?«

Er zog sie an sich und versuchte zu begreifen, was sie ihm da erzählt hatte.

Florida! Sie wäre dann meilenweit von ihm entfernt! Der Gedanke, all das Geld zu verlieren, auf das er gerechnet hatte, von dem er geträumt hatte, war eine bittere Enttäuschung.

Meg machte sich von ihm los und stand auf. Ruhelos ging sie im Zimmer auf und ab.

»Verstehst du nun? Ich mußte dich anrufen! Können wir ihn nicht loswerden, bevor er weggeht? Das ist unsere einzige Hoffnung, John. Wenn wir ihn nicht vor Ende des Monats los sind ...«

»Ja ... laß mich überlegen«, sagte Anson und preßte die Hände an die Stirn. »Wieviel Zeit haben wir ... achtzehn Tage?«

»Ja.«

Anson wurde es plötzlich kalt vor Angst.

»Da ist noch Maddox!«

»Oh, dieser verdammte Maddox!« rief Meg. »Wenn wir es nicht vor dem Ende des Monats tun, schaffen wir es nie! John! Ich bin bereit, etwas zu riskieren, bist du es auch?«

»Aber wie?« fragte Anson schwankend. »Ich dachte, ich hätte fünf Monate, um die Sache zu planen, jetzt sind es nur achtzehn Tage!«

Meg holte schnell und tief Luft. Sie hatte ihn am Haken! In den zurückliegenden Tagen und Nächten hatte sie unaufhörlich gebrütet, wie sie ihn dazu überreden könnte, ihren Mann umzubringen, bevor sie Sailor Hogan verlor. Plötzlich war ihr eingefallen, Anson zu erzählen, daß Phil die Gegend zum Ende des Monats verließ. Sie wußte, daß sie ihm das ruhig erzählen konnte. Er würde nicht daran denken, es nachzuprüfen.

Anson sah sie an.

»Darüber muß ich nachdenken«, sagte er. »Meg, kann ich heute nacht hierbleiben?«

»Natürlich ...«

Sie kam zu ihm, legte die Arme um ihn und schmiegte sich an ihn.

Schlaflos hatte Anson eine Stunde lang auf dem Bett gelegen. Es war drei Uhr morgens. Das weiße Licht des Mondes fiel auf das Bett und glänzte auf den Rundungen von Megs Körper, die neben ihm schlief.

Plötzlich wurde Anson hellwach. Ohne jeden Grund war ihm Harry Davis und die Unterhaltung beim Lunch eingefallen. Er dachte daran, wie Davis sagte: Ich habe eine Tochter, auch ein Teenager ... man kann nie wissen – wenn so ein Schwein einmal ein Mädchen vergewaltigt, tut er es vielleicht noch einmal.

Abrupt setzte er sich auf.

»Meg!« Megs leichtes, ruhiges Atmen brach ab. Sie bewegte sich und wachte auf.

»Meg!« Anson griff sie beim Arm. »Wach auf! Ich muß mit dir sprechen!«

Sie stöhnte, dann richtete sie sich halb auf.

»Was ist los?«

»Hast du die Zeitung von gestern?«

Sie starrte ihn an, als sei er verrückt geworden.

»Zeitung? Ja ... sie ist unten.«

»Hole sie! Mach Kaffee! Los, los, Meg, wach auf! Ich habe eine Idee ... nun mach schon!«

Noch halb im Schlaf, aber angetrieben von seinem dringlichen Ton, schlüpfte Meg aus dem Bett und zog einen Morgenrock an. Unsicher ging sie zur Tür.

»Beeil dich!« rief Anson.

Er knipste das Licht an und zog die Decke über sich. Ungeduldig wartete er auf ihre Rückkehr.

Nach ein paar Minuten kam sie zurück, die Zeitung unter dem Arm und mit einem Tablett mit Kaffee und Tassen.

Anson entriß ihr die Zeitung und las die Schlagzeilen, als sie zwei Tassen Kaffee eingoß.

»Was ist es?« fragte sie.

Als er mit einer Geste Ruhe forderte, zuckte sie die Achseln und setzte sich ans Ende des Bettes, trank Kaffee und beobachtete ihn.

Nach einigen Minuten ließ Anson die Zeitung sinken und nahm die Tasse, die sie ihm reichte.

»Ich glaube, ich habe es!« sagte er. »Hast du das gesehen?« Er schob ihr die Zeitung hin und zeigte auf die Schlagzeilen.

Verständnislos starrte Meg erst die Zeitung, dann Anson an.

»Ich verstehe dich nicht!«

Ungeduldig zeigte Anson mit dem Finger auf die Überschrift.

»Ein solcher Verrückter schlägt immer noch einmal zu«, sagte Anson. »Wir werden uns seiner bedienen. Er wird Barlowe umbringen und dich vergewaltigen! Selbst Maddox muß eine solche Situation akzeptieren!«

Meg starrte ihn an, als ob sie glaubte, er habe den Verstand verloren.

»Was sagst du da ... mich vergewaltigen?«

Anson trank den Kaffee aus und stellte die Tasse fort.

»Hier steht, daß die Polizei alle Pärchen warnt, daß dieser Mann noch einmal dasselbe versuchen kann. Das heißt, die Polizei erwartet, daß er noch einmal zuschlägt! Begreifst du nicht, daß das genau die Situation ist, auf die wir warten?« Er warf die Zeitung auf die Erde. »Das Mädchen hat der Polizei eine Beschreibung des Mannes gegeben. Er trug einen dunklen Mantel und einen schwarzen, weichen Hut. Als sie mit ihm rang, verlor er seinen Hut: er war so kahl wie ein Ei. Was für eine Beschreibung! Das ist der Mann, der Barlowe ermorden wird! Du gibst der Polizei die gleiche Beschreibung! Sie warten ja darauf, daß er noch einmal tötet und vergewaltigt. Sie werden deine Aussage widerspruchslos akzeptieren. Das ist eine narrensichere Methode, wie wir deinen Mann loswerden und an das Geld herankommen!«

Meg blieb unbeweglich sitzen, während sie langsam begriff, was er sagte.

»Hast du nicht gesagt, daß Ende des Monats Euer Hochzeitstag ist?« fragte Anson. »Wann ist er genau?«

Verwirrt sagte Meg: »Nächsten Freitag ... aber was hat das damit zu tun?«

»Vier Tage Zeit! Das paßt genau! Es hat sehr viel mit uns zu tun! Du mußt Barlowe überreden, mit dir essen zu gehen, und nach dem Essen mußt du ihn überreden, mit dir zu irgendeiner einsamen Stelle zu fahren ... Jason's Glen wäre gut. Ich werde dort sein ... und auf euch warten.«

Megs Augen öffneten sich weit.
»Und dann?«
Anson zeigte auf die Zeitung.
»Das da passiert noch einmal.«
Meg zuckte zusammen.
»Du meinst ... du wirst Phil erschießen?«
»Genau das meine ich, und dich vergewaltigen. Hör zu, Meg, du kannst nicht erwarten, 50 000 Dollar für nichts zu bekommen. Du mußt in einem solchen Zustand gefunden werden, daß weder die Polizei noch, was wichtiger ist, Maddox irgendeinen Zweifel daran haben, daß der Irre über dich hergefallen ist. Du gibst ihnen eine Beschreibung des Mannes, der dich überfallen hat ... sie werden keinen Verdacht haben ... sie können mich nicht verdächtigen ... das ist der perfekte Mord!«
»Aber John ...«
»Widersprich nicht!« sagte Anson ungeduldig. »Das ist die einzige idiotensichere Möglichkeit, die wir bei der Kürze der Zeit haben. Ich bin sicher, daß Maddox dabei nichts Verdächtiges findet, aber bei jeder anderen Methode, Barlowe los zu werden, würde Maddox sicher Verdacht schöpfen. Der Trick dabei ist, daß die Polizei damit rechnet, daß es noch einmal passiert! Wir haben vier Tage Zeit, in denen wir den Plan ausarbeiten können. Wir ...«
»John!« Megs Stimme wurde schrill. »Du mußt mich anhören! Ich finde auch, daß die Idee gut ist, aber du hast noch nicht alles bedacht. Was, wenn es regnet? Phil würde nicht nach Jason's Glen fahren, wenn es gießt.«
Anson nickte beeindruckt.
»Du hast recht. Wir können nur hoffen, daß es nicht regnet, aber wenn es doch regnet, dann muß ich es hier tun. Du sagst dann, daß du jemand ums Haus schleichen hörtest; Barlowe ging hinaus, um zu sehen, wer es war, du hörtest einen Schuß, dann kam der Verrückte herein und überfiel dich. Es wäre besser, wenn wir es oben bei Jason's Glen tun, aber wenn es nicht geht, können wir es auch hier tun.«
»Aber wenn der Mann nun vor Freitagabend verhaftet wird? Nehmen wir an, wir wissen nicht, daß er verhaftet worden ist!« sagte Meg. »Es würde sehr dumm aussehen, wenn ich der Polizei die Beschreibung eines Mannes gebe, der schon im Gefängnis sitzt, nicht wahr?«
Anson sah sie lange an, dann nickte er. »Du hast einen hellen Kopf«, sagte er. »Das habe ich vergessen, und es ist wichtig. Ich muß mir noch über die Einzelheiten klarwerden. Das ist jetzt erst der Plan in groben Umrissen. Über diese Falle können wir auch hinwegkommen.

Du hast einen derartigen Schock nach dem Überfall, daß du zwei bis drei Tage nicht vernehmungsfähig bist. Inzwischen kann ich feststellen, ob der Mann verhaftet worden ist oder nicht. Da du die Frau eines meiner Klienten bist, kann ich dir Blumen schicken. Ist der Mann in Haft, schicke ich dir Nelken. Ist er noch auf freiem Fuß, schicke ich dir Rosen. Du sagst der Polizei kein Wort, bis du die Blumen von mir hast.«

»Was geschieht, wenn er verhaftet worden ist?«

»Dann denken wir uns eine Beschreibung für einen anderen Mann aus. Es kommt oft vor, daß nach einer solchen Gewalttat ein anderer Irrer sich inspirieren läßt und das gleiche tut, aber wenn wir das Aussehen des ursprünglichen Mörders beschreiben könnten, wären wir viel sicherer.«

Irgend etwas schien Meg offensichtlich zu beunruhigen, und Anson fragte sie scharf, was sie habe.

»Ich verstehe nicht ganz, was du meinst ... ich hätte einen derartigen Schock erlitten ... was soll das heißen?«

Anson nahm die Zeitung und hielt sie ihr hin.

»Das Mädchen wurde durch den Wald gejagt, niedergeschlagen, geprügelt und dann vergewaltigt. Sie war in einem furchtbaren Zustand! Lies mal und sieh selbst! Das wird dir auch passieren! Da nutzt kein Schauspielern, Meg! Maddox wird sich den Bericht des Arztes geben lassen. Er muß überzeugt werden. Von dir hängt es ab ... entweder bist du bereit dazu oder nicht.«

Meg ging hinüber zum Fenster. Sie schob die Gardine beiseite und sah hinaus in die dunkle Nacht. Kalte Furcht machte sie fast krank. Sie dachte an Hogan. Ich brauche das Geld bis zum Ende des Monats, oder mit uns beiden ist es aus für immer! Die Vorstellung, daß sie Hogan niemals wiedersehen, niemals mehr seinen harten, muskulösen Arm fühlen würde, das war etwas, woran Meg nicht denken mochte. Sie ließ die Gardine fallen, drehte sich um und zwang sich zu einem Lächeln.

»Natürlich, John ... wenn du es sagst ... ich tue alles, was du willst ... alles.«

Anson ließ sich beruhigt auf das Kissen fallen.

»Gut«, sagte er. »Ich komme nächsten Donnerstag her. Bis dahin habe ich alles vorbereitet. Am Freitag tun wir es. Glaubst du, daß du deinen Mann dazu überreden kannst, mit dir am Freitag auszugehen?

»Er wird mit mir ausgehen«, sagte Meg. »Darüber brauchst du dir keine Sorgen zu machen.«

Anson hielt ihr die Hand hin.

»Komm her. In fünf Tagen sind wir 50 000 Dollar reicher! Stell dir das vor! 50 000 Dollar.«

Jud Jones, der dicke, auseinandergegangene Nachtwächter in Ansons Geschäftshaus, watschelte aus seinem winzigen Büro, als Anson vom Fahrstuhl kam.

»'n Abend, Mr. Anson«, sagte Jones fröhlich. »Wollen Sie heute abend lange arbeiten?«

»Ich glaube ja«, sagte Anson und blieb stehen. »Aber kümmern Sie sich nicht um mich. Ich gehe nur einen Happen essen, aber ich komme wieder. Gegen elf bin ich fertig. Nicht daß Sie glauben, es wären Einbrecher, wenn Sie bei mir Licht sehen.«

Ein breites Grinsen ging über Jones' Gesicht.

»Ich kenne so langsam Ihre Gewohnheiten, Mr. Anson. Ich werde Sie nicht stören ... Sie haben sicher viel zu tun.«

Anson hatte es sich angelegen sein lassen, mit Jones Freundschaft zu schließen. Jones wußte über Ansons Damenbekanntschaften Bescheid und beneidete ihn um seine Abenteuer.

»Viel zu tun? Ja, ziemlich«, sagte Anson. »Jud ...« Er zog seine Brieftasche und entnahm ihr einen Fünfdollarschein. »Mir gefällt das Hemd nicht, das Sie da tragen ... kaufen Sie sich ein neues.« Sein Lächeln sagte Jones, daß er einen Witz machte, aber die fünf Dollar waren kein Witz.

»Das werde ich tun, Mr. Anson, und vielen Dank.«

Jones' dicke Finger schlossen sich um den Geldschein.

»Haben Sie Glück beim Wetten gehabt, Mr. Anson?«

»Bin fünfzig zu eins herausgekommen«, log Anson, dann nickte er und ging hinaus. Es war halb neun. Er ging zu Luigi zum Abendessen. Während er aß, ging er in Gedanken den Plan durch, den er sich ausgedacht hatte. Er war sicher, daß er funktionieren würde. Meg konnte nicht in Verdacht geraten. Jetzt mußte er nur dafür sorgen, daß er selbst ein Alibi hatte.

Nachdem er seine Mahlzeit beendet hatte, ging Anson ins Büro zurück.

Er kannte Jones' Routinerundgang. Um zehn Uhr begann Jones seinen Kontrollgang durch das Gebäude. Er fuhr im Fahrstuhl zu jeder Etage, machte seine Runde durch die Flure, dann kehrte er zu seiner Nachtwächterloge gegen halb zwölf Uhr zurück. Um ein Uhr fünfzehn machte er einen zweiten Rundgang.

Anson setzte sich an den Schreibtisch. Er stellte sein Tonbandgerät an, legte ein neues Band auf und stellte das Mikrofon nahe an seine

Schreibmaschine. Er spannte einen Bogen in die Maschine und drückte den Aufnahmeknopf des Tonbandgeräts. Dann tippte er eine Stunde lang bedeutungslose Worte auf das Papier, so daß das Tonband das eifrige Klappern der Schreibmaschine aufnahm.

Wenige Minuten nach zehn Uhr hörte er das Geräusch des Fahrstuhls, dann tappte Jones schwerfällig an seinem Büro vorbei. Anson tippte weiter. Als er den Fahrstuhl wieder gehen hörte, der Jones zum nächsten Stockwerk brachte, stellte er das Tonband ab, legte die Spule in eine seiner Schubladen, drehte das Licht ab und schloß die Bürotür ab. Dann ging er hinaus.

Fay Lawley saß allein in der Bar des Cha-Cha-Clubs bei Whisky und Soda. Sie war schlecht gelaunt. Eine Stunde hatte sie hier allein gesessen, und kein Mann hatte sie bisher angesprochen. Sie war nicht sehr begeistert, als sie Beryl Horsey in Nerzstola und mit Brillantohrringen an den Ohren hereinkommen und sich umsehen sah. Als Beryl Fay erblickte, winkte sie ihr zu und kam herüber.

Beryl war Joe Duncans Freundin und kannte Fay schon länger, als es Fay lieb war.

»Hallo ... so ganz allein?« fragte Beryl.

»Ich warte auf jemand«, sagte Fay kurz. »Wie geht's so? Trinkst du was mit mir?«

»Hab' keine Zeit. Ich warte auf Joe.« Beryl sah Fay an und musterte sie mit ihren großen dunkelblauen Augen. »Ich habe dich lange nicht mehr mit Johnny Anson gesehen. Habt ihr euch gezankt?«

Fay verzog das Gesicht. »Wer hat schon Lust, sich mit einem billigen Jungen abzugeben?« sagte sie achselzuckend. »Er kann sich nicht einmal mehr leisten, einem Mädchen einen Drink zu spendieren.«

Beryl hob ihre angemalten Augenbrauen.

»Nanu? Wer hat dir da etwas vorgeflunkert? Er ist zu Geld gekommen, Liebling. Er hat alle seine Schulden bei Joe bezahlt ... über tausend Dollar. Er hat Geld.« Sie lächelte. »Vielleicht hat er jemand anderes gefunden. Jetzt muß ich aber fort.«

Sie strich mit rotlackierten Fingernägeln über ihre Nerzstola, lächelte und war fort.

Fay nippte an ihrem Glas, ihr verschminktes, gewöhnliches Gesicht hatte einen grausamen Ausdruck angenommen.

Tausend Dollar! Wo hatte Anson soviel Geld her? Er hatte doch nie Geld gehabt!

Fay trank ihr Glas leer und stand auf.

Er hatte sich mit ihr amüsiert. Wenn er jetzt Geld hatte, so war sie fest entschlossen, ihm davon etwas abzunehmen. Wenn er glaubte, er könne sie derart leicht loswerden, dann hatte er sich geirrt.

Sie ging hinaus auf die Straße zum nächsten Taxiwarteplatz.

Ein korpulenter älterer Mann trat ihr in den Weg.

»Hallo, Baby«, sagte er und blinzelte mit einem Auge. »Ich suche nach einem schlimmen Mädchen. Habe ich es gefunden?«

Fay zögerte, dann setzte sie ihr hartes, routiniertes Lächeln auf. Sie hatte noch viel Zeit, es Anson heimzuzahlen, dachte sie, als sie sagte: »Hallo, Süßer. Du und ich, wir müssen dieselbe Idee gehabt haben.«

Sailor Hogan fuhr aus dem Schlaf hoch. Das Telefon klingelte. Fluchend setzte er sich in dem breiten Doppelbett auf. Neben ihm lag ein rothaariger, frühentwickelter Teenager, den Hogan bei einem Nachmittagstanz im Blue Slipper-Club aufgelesen hatte. Das Mädchen war auch aufgewacht und starrte Hogan verschlafen an, der nach dem Hörer griff.

»Ja? Wer ist da?«

»Jerry ... hier ist Meg.«

Sein narbiges Gesicht verzog sich ungeduldig.

»Du hast mich aufgeweckt... wo brennt es denn?« schimpfte er wütend.

»Er wird es tun«, sagte Meg atemlos. »Ich muß dich sprechen, Jerry.«

Hogan war plötzlich hellwach.

»Er wird es wirklich tun?« fragte er und setzte sich gerade hin. »Wann?«

»Diesen Freitag. Er kommt mit dem endgültigen Plan am Donnerstagabend zu mir. Vorher muß ich dich sprechen.«

»Ich komme«, sagte Hogan. »Morgen bin ich da.« Er legte auf.

Der Rotkopf sagte mürrisch: »Wer ist sie? Zu wem gehst du?«

Hogan ließ sich auf das Kissen zurückfallen. »Das war meine Mutter«, sagte er. »Was hast du? Ein Mann darf doch schließlich noch seine Mutter besuchen, wie?«

Patty Shaw kam in Maddox' Büro. Sie blieb in der Tür stehen, als sie sah, daß Maddox eine Police anstarrte, die er in der Hand hielt.

»Wenn Sie keine Zeit haben, komme ich nachher«, sagte sie.

Maddox ließ die Police fallen, verzog sein Gesicht angeekelt und nahm sich eine Zigarette.

»Was haben Sie?«

»Hier ist der Bericht über Barlowe von der Detektei«, sagte Patty. »Wollen Sie ihn sich jetzt ansehen?«

»Barlowe?« Maddox runzelte die Stirn, dann glättete sich sein Gesicht. »Ach so, der Gärtner. Natürlich will ich ihn mir jetzt ansehen. Haben Sie ihn durchgelesen?«

»Er wird Sie interessieren«, sagte Patty und legte das Schriftstück auf seinen Schreibtisch. »Nicht der Mann ... er ist einer vom Dutzend, aber die Frau ... olala!«

Maddox nahm den Bericht.

»Was heißt das ... olala?«

»Sie werden schon sehen«, sagte Patty und rauschte hinaus.

Maddox zündete sich eine neue Zigarette an, schob den Sessel zurück und las das sauber geschriebene Dossier.

7

Am Donnerstagmorgen ging Anson in eine Elektrohandlung in Lambsville und kaufte sich eine Schaltuhr. Er bat den Verkäufer, ihm zu erklären, wie der Mechanismus funktionierte.

»Der Schalter dient dazu«, sagte der Verkäufer, »ein beliebiges elektrisches Gerät zu einer bestimmten Zeit einzuschalten. Er schaltet das Gerät ebenso zu einer bestimmten Zeit aus. Wenn Sie zum Beispiel ein Radioprogramm hören wollen, das um zehn Uhr beginnt, dann stellen Sie die Zeiger der Uhr auf zehn, dann schaltet sich der Radioapparat automatisch um diese Zeit ein.«

Anson sagte, er brauche die Uhr für sein Kaffeewasser am Morgen.

»Dafür ist sie völlig geeignet«, sagte der Verkäufer. »Ich benutze sie selbst.«

Zur Lunchzeit ging Anson ins Marlborough. Als er in die Bar kam, lief ihm Jeff Frisbee, ein Reporter der »Pru Tonn Gazette«, über den Weg.

»Hallo, John«, sagte Frisbee. »Trinkst du einen mit mir?«

Anson bestellte einen Scotch. Als sie auf die Getränke warteten, fragte Anson Frisbee, ob er auch zum Essen gehe.

»Ich habe keine Zeit«, sagte Frisbee. »Ich habe zwei Morde am Hals, und der Alte erwartet von mir, daß ich jeden Tag etwas Neues darüber schreibe. Ich mache mich ganz kaputt damit, etwas zum Schreiben zu finden.«

»Der Polizeichef scheint nicht richtig voranzukommen«, sagte Anson und trank Frisbee zu. »Dieser Verrückte ... haben sie noch keine Spur von ihm gefunden?«

»Nein, aber der Chef ist sehr zugeknöpft. Er plaudert keine Geheimnisse aus. Er sagte mir, er sei überzeugt, daß ein Fremder den Streifenpolizisten Sanquist bei dem Überfall getötet hat, daß der Irre aber mit Sicherheit von hier stammt.«

»Wie kommt er darauf?« fragte Anson.

»Er meint, daß nur ein Ortskundiger Glyn Hill kennt. Es ist weit ab von der Durchgangsstraße. Kein Kraftfahrer auf der Durchreise würde es je finden.«

»Ein Mann mit einem Glatzkopf sollte nicht so schwer zu finden sein.«

»Das stimmt, aber der Chef ist nicht hundertprozentig sicher, daß das Mädchen recht hatte, als es sagte, der Mann sei kahlköpfig. Sie war fast von Sinnen vor Angst. Es kann auch weißes oder sehr hellblondes Haar gewesen sein, das ihr im Mondlicht wie eine Glatze erschien.«

»Nun, ich finde, es ist nicht zu schwierig, jeden blonden oder weißhaarigen Mann im Distrikt zu überprüfen und festzustellen, was er zur Zeit des Mordes getan hat«, sagte Anson.

Frisbee, dessen Haarschopf rabenschwarz war, sah Ansons blondes Haar an und grinste.

»Also was hast du um diese Zeit getan?«

Anson zwang sich zu einem Lachen.

»Meine Hausarbeit im Bett«, sagte er blinzelnd.

»Auf jeden Fall war der Mann nach dem, was das Mädchen sagt, in den Fünfzigern und dick... das bist du nicht«, sagte Frisbee. »Vermutlich hat sie Glück gehabt, daß sie es lebend überstanden hat.«

Als Frisbee gegangen war, ging Anson hinüber ins Restaurant. Bis jetzt also war der Lustmörder noch nicht gefunden worden, aber es mußten noch viele Stunden vergehen, ehe er Barlowe töten würde, und in diesen Stunden konnte der Verbrecher gefaßt werden.

Nach dem Lunch setzte Anson seine Routinebesuche fort. Gegen halb acht fuhr er hinaus zu Barlowes Haus und stellte seinen Wagen in der Garage ab. Er klingelte an der Haustür, die Meg sofort öffnete.

Er folgte ihr ins Wohnzimmer. Im Lampenlicht sah sie blaß aus, sie hatte dunkle Ringe unter den Augen. Sie schien schlecht geschlafen zu haben.

»Was fehlt dir?« fragte er, als er sie in die Arme schloß. »Du siehst müde aus. Was hast du?«

Sie stieß ihn von sich.

»Was mir fehlt? Du fragst, was ich habe?« Sie sah ihn wütend an. »Die Geschichte geht mir im Kopf herum! Ich kann nicht schlafen.

Könntest du im gleichen Haus mit jemand schlafen, den du umbringen willst? Und da fragst du noch, was mir fehlt? Bist du so gefühllos?«

Anson hob die Schultern.

»Du hast dich entschlossen, mitzumachen«, sagte er. »Du solltest dir keine Vorwürfe machen.«

Sie setzte sich auf das Sofa, ihre Hände lagen verkrampft auf den Knien.

»Ich kann mir nicht vorstellen, daß es morgen passieren soll!«

»Es hängt von dir ab«, sagte Anson und setzte sich neben sie. »Kannst du ihn dazu bringen, mit dir nach Jason's Glen hinauszufahren? Die Wettervorhersage ist gut ... es wird nicht regnen. Wenn du ihn überreden kannst, dort hinzufahren, dann klappt es.«

Meg bewegte sich unruhig.

»Ja ... das schaffe ich schon«, sagte sie. »Wir werden im Court-Gasthaus zu Abend essen. Danach überrede ich ihn, mit mir nach Jason's Glen zu fahren.«

»Ich war gestern abend dort«, sagte Anson. »Ungefähr eine halbe Meile vom Glen entfernt ist eine Telefonzelle an der Straße. Dort warte ich. Du rufst mich an und sagst mir Bescheid, wenn es sicher ist, daß ihr kommt. Wenn etwas schiefgeht und er darauf besteht, nach Hause zu fahren, dann muß ich es wissen.« Er zog aus seiner Brieftasche ein Stück Papier und gab es ihr. »Das hier ist die Nummer des Anschlusses in der Telefonzelle. Ich bin von zehn Uhr ab dort und warte.«

Sie nickte und steckte den Zettel in ihre Tasche.

»Wenn ihr zum Glen fahrt«, fuhr Anson fort, »dann bleib im Wagen, aber laß die Fenster offen.«

Meg schauderte.

»Ich verstehe.«

»Wenn ich ihn losgeworden bin«, sagte Anson und starrte ins Feuer, »dann werde ich mich mit dir befassen.« Er legte seine Hand auf die ihre. Bei der Berührung schloß sie die Augen. »Ich werde dir weh tun, Meg. Wir dürfen nichts riskieren. Du mußt tapfer sein ... verstehst du? Du darfst mir nicht böse sein. Was ich dir antun werde, wird Maddox und die Polizei überzeugen, daß du damit nichts zu tun hast. Der Arzt muß überzeugt sein, daß die Vergewaltigung nicht vorgetäuscht ist.«

Ein kalter Schauer lief ihr über den Rücken, aber sie dachte an Sailor Hogan und nickte.

»Gut ... ich verstehe.«

»Vom Glen bis zur Straße ist es ungefähr eine viertel Meile«, sagte

Anson. »Du mußt es bis zur Straße schaffen. Er sitzt auf dem Fahrersitz, deshalb kannst du nicht den Wagen benutzen. Es mag eine Zeit vergehen, bis dich ein Autofahrer sieht. Du mußt Bewußtlosigkeit vortäuschen. Denk daran, du darfst nichts sagen, bis du die Blumen von mir bekommen hast. Wenn du Nelken bekommst, weißt du, daß der Verrückte gefaßt worden ist. Wenn du Rosen bekommst, weißt du, daß er noch auf freiem Fuß ist.« Er nahm ein zusammengefaltetes Papier aus seiner Brieftasche. »Hier ist die Beschreibung eines Mannes, die ich mir ausgedacht habe. Die erzählst du, falls der Mörder verhaftet worden ist. Hast du alles begriffen?«

»Ja.«

»Das ist so ungefähr alles«, sagte Anson. »Laß dich nicht von ihnen durcheinanderbringen und sage kein Wort, ehe du meine Blumen hast. Der Arzt wird schon dafür sorgen, daß dich die Polizei nicht belästigt, bis er dich für vernehmungsfähig hält.«

Sie sah ihn an, unter ihren angstvollen Augen zeichneten sich dunkle Ringe ab.

»Bist du ganz sicher, daß alles klappen wird?« fragte sie. »Glaubst du, daß wir das Geld kriegen?«

»Wir kriegen es«, sagte Anson. »Mit so einem Alibi kann gar nichts schiefgehen. Du hast das Mitgefühl der Öffentlichkeit, und Maddox weiß, daß es schlechte Publicity wäre, wenn er dir die Auszahlung der Versicherungssumme verweigert, und das mag er nicht. Ich bearbeite die Reporter. Ja ... wir bekommen das Geld mit Sicherheit.«

Meg dachte an Hogan und sagte: »Ich kann mir immer noch nicht vorstellen, wie es vor sich gehen wird.«

»In ein paar Wochen bist du um 50 000 Dollar reicher«, sagte Anson. »Wir gehen zusammen fort! Du, ich und 50 000 Dollar!« Er nahm sie in den Arm. »Mit soviel Geld holen wir die Sterne vom Himmel!«

»Ja.«

Meg machte sich von ihm los und ging zum Kamin.

Anson stand auf.

»Ich darf die Pistole nicht vergessen«, sagte er, ging zum Büfett und nahm die Holzkiste aus der Schublade. Er steckte die Pistole und sechs Kugeln ein.

Meg sah ihm mit wachsendem Grausen zu und sagte: »Du mußt jetzt gehen, John.« Sie konnte diesen kaltblütigen Mörder nicht mehr ertragen. »Phil kommt heute nach Hause. Er sagte, daß er gegen neun Uhr zurückkommt.«

Anson drehte sich um und starrte sie an, Enttäuschung und Ärger malten sich in seinem Gesicht.

»Ich dachte, ich könnte die Nacht bei dir bleiben. Warum kommt er zurück?«

»Er gibt keinen Unterricht mehr, weil er nach Florida geht«, log Meg. »Er trifft sich mit dem Mann, mit dem er die Partnerschaft eingehen will, dann kommt er nach Hause. Du mußt wirklich gehen, John. Er darf dich nicht sehen, wenn du fortfährst.«

Ansons Blick wurde plötzlich kalt und mißtrauisch.

»Du hast doch nicht etwa genug von mir, wie?«

»Aber natürlich nicht... nur du nimmst alles so ruhig hin. Ich habe Angst. Ich mache mit, aber ich bin nicht so ... kaltblütig wie du.«

»Der Mann bedeutet gar nichts«, sagte Anson. »Das Geld bedeutet alles für uns. Ich bin gar nicht so kaltblütig... aber es kommt darauf an, wie dringend man das Geld braucht.«

»Du mußt gehen ... sieh auf die Uhr.«

»Ich warte auf deinen Anruf«, sagte Anson. »Denk an das, was ich dir gesagt habe. Es klappt alles.« Er fühlte nach der Pistole. »Komm her, Meg...«

Sie zwang sich, zu ihm zu gehen. Seine Küsse verursachten ihr Übelkeit, und die Berührung seiner Hände ließ sie zusammenschauern.

Sie stieß ihn von sich.

»Du mußt gehen!«

Er blickte sie lange an, dann nickte er und ging hinaus zu seinem Wagen.

Sie sank auf die Couch und verbarg ihr Gesicht zitternd in den Händen.

Sailor Hogan kam aus der Küche, von wo aus er die ganze Unterhaltung angehört hatte.

»Na, da hättest du beinahe alles verpatzt«, sagte er, als er ins Zimmer kam. »Was ist mit dir los? Warum kannst du nicht ein bißchen nett zu dem Mann sein? Er braucht das. Jetzt hast du ihn weggeschickt, und er ist unruhig und enttäuscht.«

»Ich hasse ihn!« sagte Meg. »Es graust mich vor ihm.«

»Was ist los mit dir? Er ist gescheit und versteht sein Geschäft. Er hat so schön erzählt von den Sternen, die er vom Himmel holen will... das gefällt mir.«

Am Freitag um halb sechs schob Anna Garvin ihre Schreibmaschine zurück, sammelte ihre Papiere auf dem Schreibtisch ein und legte sie in die Schublade.

»Zeit, nach Haus zu gehen, Mr. Anson«, sagte sie und stand auf.

Anson lehnte sich im Stuhl zurück und sah sie an. Sein Schreibtisch war mit Papieren bedeckt, die er absichtlich ausgebreitet hatte, um den Eindruck zu erwecken, daß er viel zu tun habe.

»Gehen Sie ruhig, Anna«, sagte er. »Ich habe noch ein paar Sachen zu erledigen.«

»Kann ich Ihnen helfen?«

»Nein ... ich will nur die Zeit totschlagen. Es ist nichts Eiliges. Ich habe nur keine Eile, nach Hause zu kommen.«

Als Anna gegangen war, schob Anson die Papiere auf seinem Schreibtisch zusammen und legte sie in einen Ordner. Dann nahm er aus seiner Schublade die Schaltuhr, die er gestern gekauft hatte. Er las die Gebrauchsanweisung noch einmal durch, dann schloß er den Stecker an die Steckdose an. Mit einem Doppelstecker verband er die Uhr mit seinem Tonbandgerät und der Schreibtischlampe.

Er stellte die Uhr so ein, daß sie in fünf Minuten einschalten mußte, lehnte sich zurück, zündete eine Zigarette an und wartete. Nachdem fünf Minuten vergangen waren, ging die Schreibtischlampe plötzlich an, das Tonbandgerät fing an zu laufen und gab das Geräusch wieder, das seine Schreibmaschine gemacht hatte. Er drehte die Lautstärke so weit, daß das Klappern auch auf dem Korridor zu hören war. Er wartete weitere fünf Minuten, dann erlosch die Lampe, und das Magnetophon stoppte.

Nun stellte er die Schaltuhr auf neun Uhr dreißig ein. Den Abstellhebel stellte er auf elf Uhr. Befriedigt über das Funktionieren des Geräts, schloß er sein Büro ab und fuhr mit dem Fahrstuhl nach unten.

Jud Jones saß lesend in seinem Büro.

»Jud ... ich arbeite heute abend wieder länger. Da ist also kein Einbrecher in meinem Büro.«

Jud grinste und blinzelte.

»Schon gut, Mr. Anson. Ich werde Sie nicht stören.«

»Ich arbeite, Jud, grinsen Sie also nicht so unverschämt«, sagte Anson lächelnd. »Ich gehe zum Abendbrot, dann komme ich zurück.«

»Gut, Mr. Anson, haben Sie Ihren Schlüssel?«

»Ja. Bis nachher.« Anson nickte ihm zu und ging hinaus.

Er nahm eine leichte Mahlzeit ein, dann fuhr er zu seiner Wohnung. Er säuberte und lud Barlowes Pistole. Nachdem er die Pistole in seiner Manteltasche verstaut hatte, ging er zu seinem Wagen.

Es war jetzt acht Uhr. Er fuhr zum Büro und parkte den Wagen in der Nähe des Eingangs des Geschäftshauses. Dann ging er zu Jones' Büro.

»Ich bin wieder zurück«, sagte er. »Ich werde so bis gegen elf Uhr arbeiten.«

Jones schüttelte den Kopf.

»Passen Sie auf, Mr. Anson ... so wie Sie arbeiten, bekommen Sie noch Magengeschwüre.«

»Ich passe schon auf«, sagte Anson, ging zum Fahrstuhl und fuhr hinauf zu seiner Etage. Dort wartete er eine Weile, dann ging er leise zur Treppe und verließ das Haus. Er stieg in den Wagen und fuhr schnell zur Autostraße Brent–Pru Town.

Als er die Telefonzelle erreicht hatte, stellte er den Wagen auf einem nahen Parkplatz ab, löschte die Wagenlichter und zündete sich eine Zigarette an. Er hatte eine lange Wartezeit vor sich.

Er machte es sich im Sitz bequem. Die Pistole drückte an sein Bein, seine Gedanken gingen noch einmal den Plan durch, den er gefaßt hatte. Er konnte keinen Fehler finden.

Zwanzig Minuten nach zehn stieg er aus dem Auto und ging zu der Telefonzelle. Er setzte sich auf die trockene Erde hinter dem Häuschen, so daß vorbeifahrende Autofahrer ihn nicht sehen konnten, und wartete. Wieder mußte er lange warten. Die Minuten krochen dahin, und er überlegte gerade, ob irgend etwas schiefgegangen sei, als das Telefon zu klingeln anfing. Er öffnete die Tür und nahm den Hörer ab.

Barlowe war überrascht, als Meg vorschlug, daß sie beide zum Court-Gasthaus fahren sollten, um ihren Hochzeitstag zu feiern.

Meg war zum Frühstück in ihrem schmutzigen grünen Morgenrock erschienen, ihr Haar war zerzaust, und sie lehnte sich an die Tür, die Zigarette zwischen den vollen Lippen. Barlowe fühlte, wie sich Verlangen in ihm regte.

»Wir sind monatelang nicht ausgegangen«, sagte Meg. »Ich habe es satt, in diesem Loch zu leben. Wenn du nicht mit mir ausgehst, sage es nur, dann gehe ich allein.«

Barlowe sagte: »Das ist ein teures Restaurant ...«

»Wir können ja zur Abwechslung mal Geld ausgeben«, sagte Meg. »Ich möchte mich heute abend betrinken.« Sie starrte ihn an. »Es gibt noch mehr, was ich heute abend tun möchte.«

Sie sahen einander einen Augenblick an, dann drehte sie sich um und ging hinauf in ihr Zimmer.

Barlowe schob das halb gegessene Frühstück fort und lehnte sich im Stuhl zurück. Meg wäre überrascht und entsetzt gewesen, wenn sie gewußt hätte, was in seinem kranken Gemüt vor sich ging. Die

Lebenden und die Toten, dachte er und stand auf. Wenn Meg mit ihm ausgehen wollte, so würde er es lieber tun. Er hatte Sorge, irgend jemand könne merken, daß er den Mord begangen hatte. Er nahm die Pistole, die weiße Badekappe und die Wangenpolster und versteckte sie unter den Dielen seines Schlafzimmers. Die Chance, noch einmal eine solche Gewalttat zu begehen, wollte er noch oft haben ... er hatte nicht die Absicht, sich erwischen zu lassen.

Morgen abend würde er sich wieder auf die Lauer legen. Diesmal würde er Jason's Glen probieren. Vielleicht hatte er Glück und fand ein junges Paar allein dort oben.

Er bekam einen Schreck, als Meg, nachdem sie gut, aber teuer gegessen und sich zu einem letzten Drink an die Bar gesetzt hatten, ihn bat, mit ihr nach Jason's Glen zu fahren.

»Wozu?« fragte Barlowe, leicht benebelt von dem Alkohol, den sie zu sich genommen hatten. »Ich möchte jetzt schlafen gehen.« Er starrte sie stirnrunzelnd an. »Ich habe genug.«

»Nun, ich nicht«, sagte Meg. »Was ist mit dir los? Magst du nicht ein bißchen Romantik?«

»Mit dir?« Barlowe verzog das Gesicht. »Nach so langer Zeit? Was ist in dich gefahren ... du bist betrunken!«

»Na schön, dann bin ich betrunken«, sagte sie.

Barlowe schüttelte den Kopf.

»Ich komme nicht mit, ich fahre nach Haus.« Er dachte an morgen abend; vor Verlangen nach Erregung und Gewalt brach ihm der Schweiß aus. »Die Stelle ist für Pärchen, aber nicht für Leute wie dich und mich.«

Sie lehnte sich an ihn. Er konnte den Gin in ihrem Atem riechen. »Du kommst mit! Wenn du nicht mitkommst, gehe ich allein und suche mir jemand.«

»Ich komme nicht mit!« sagte Barlowe, dann merkte er, daß der Barkeeper, ein Neger, zuhörte und sie anstarrte. Er senkte die Stimme. »Ich habe genug. Ich fahre nach Hause.«

»Dann nehme ich den Wagen, und du kannst laufen«, sagte Meg. »Ich fahre! Tu, was du willst.«

Barlowe zögerte. Schließlich war es vielleicht gar nicht so dumm, dachte er, dort hinzufahren. Er war seit Monaten nicht auf Jason's Glen gewesen. Wenn er jetzt dort hinfuhr, konnte er feststellen, wie viele Wagen dort waren und wie die Situation überhaupt war.

»Na schön ... wie du willst«, sagte er achselzuckend. »Gehen wir.«

»Ich hole meine Sachen«, sagte Meg und ging zur Damentoilette.

Sie blieb stehen, ihr Herz hämmerte, und ihr Atem ging unstet. Unentschlossen blieb sie eine Weile stehen, dann gab sie sich einen Ruck, ging zur Telefonzelle und zog die Tür hinter sich zu.

Anson preßte den Hörer fest an sein Ohr und sagte: »Ja?«

Zuerst war es still, dann hörte er eine Frauenstimme sagen: »Sprechen Sie bitte.« Meg wurde verbunden.

»Hallo?« Er erkannte ihre Stimme. »Hallo?«

»Wir fahren jetzt.«

Er merkte, daß sie nahe an einem hysterischen Anfall war.

»Es wird alles gutgehen«, sagte er und legte auf.

Er ging zu seinem Wagen zurück und fuhr den schmalen Feldweg zu Jason's Glen hinauf. Er war etwas unruhig. Es war immerhin entfernt möglich, daß irgendein anderes Paar auf dem Glen war. Als er die steile Straße hinauffuhr und in die Schlucht hineinfuhr, stellte er fest, daß reichlich Platz zum Parken war. Er stellte seinen Wagen im Unterholz ab und löschte die Lichter. Dann stieg er aus und ging zu dem offenen Plateau, von dem man einen weiten, schönen Blick auf die Lichter der Stadt weit unten hatte.

Um diese Zeit war das Plateau gewöhnlich überfüllt von Wagen, aber heute abend war es leer. Die Pärchen hielten sich von solchen Plätzen jetzt fern. Die Warnung der Polizei, daß der Mörder noch einmal zuschlagen könne, hatte Eindruck gemacht.

Anson sah sich um, dann wählte er ein Gebüsch, das Deckung bot. Er zwängte sich hindurch und setzte sich auf den trockenen sandigen Boden. Er zog die Pistole und entsicherte sie.

Während er wartete, dachte er mit Befriedigung an die Schaltuhr im Büro, die ihm ein narrensicheres Alibi verschaffte. Durch das Milchglas seiner Bürotür schien das Licht, und wenn Jud Jones seine Patrouille machte, hörte er das eifrige Klappern seiner Schreibmaschine vom Tonband.

Dreißig Minuten ungefähr würden Barlowe und Meg brauchen, bis sie die Schlucht erreichten. Anson glaubte nicht, daß sie vor halb elf Uhr eintreffen würden.

Kurz nach halb elf hörte er aus der Ferne einen Wagen kommen.

Seine Finger schlossen sich um den Kolben der Waffe. Er erhob sich halb und stand gebückt im Gebüsch und lauschte. Dann sah er die Lichter des Wagens.

Er sah den schäbigen Lincoln wenige Meter von seinem Versteck entfernt halten. Bevor die Scheinwerfer erloschen, konnte er Megs und Barlowes Köpfe erkennen.

In der Stille hörte er Barlowe sagen: »Nun, da sind wir. Niemand ist hier ...«

Anson bewegte sich leise aus seinem Versteck hinüber zu dem Wagen.

»Da sind wir«, wiederholte Barlowe, während seine blaßbraunen Augen die Gegend überflogen. Er merkte, daß außer ihnen kein Wagen da war. Ein plötzlicher, mörderisch kalter Gedanke kam ihm. Warum sollte er nicht Meg loswerden? Sie waren allein hier. Er konnte in dieser Einsamkeit mit ihr machen, was er wollte. Dann ließ ihn die Vernunft zögern. Vorsichtig, sagte er sich. Das darfst du nicht tun ... man würde wissen, daß du sie umgebracht hast, und dann würden sie auch wissen, daß du das andere Ding gedreht hast.

Anson hatte inzwischen das Auto erreicht. Er sah, daß das Fenster auf der Fahrerseite offen war. Barlowes Gesicht war klar im Mondlicht zu erkennen.

Meg sagte mit unsteter Stimme: »Willst du nicht ein bißchen nett zu mir sein?« Dann gingen plötzlich ihre Nerven mit ihr durch, und sie riß die Hände vors Gesicht. »Nein!« schrie sie. »Nein! Tu es nicht, John ... tu es nicht!«

Als Barlowe sich überrascht zu ihm umwandte, hob Anson die Pistole und drückte leicht ab.

Meg schrie noch hysterisch, als der Schuß losging. Barlowe sank nach vorn, Blut spritzte auf das Fenster.

Anson schob die Pistole in seine Tasche, dann ging er um den Wagen herum und öffnete die Tür. Meg hielt die Hände hoch, um ihn abzuwehren.

Sie schrie vor panischer Angst, als er sie aus dem Wagen zog.

8

Steve Harmas betrat sein Büro, legte seinen Hut auf das Hutbrett hinter der Tür und ließ sich in seinem Schreibtischsessel nieder.

Er und seine Frau Helen waren am vergangenen Abend zu einer Party eingeladen gewesen, die sich zu einer Marathontrinkerei entwickelt hatte, so daß Harmas einen schweren Kopf hatte.

Er rieb sich die Stirn und verzog das Gesicht, dann sah er mit glasigen Augen die ordentlich gestapelte Post auf dem Schreibtisch durch.

Es schien nichts dabei zu sein, was seine sofortige Aufmerksamkeit erforderte, also lehnte er sich zurück und schloß die Augen. Neidisch dachte er an seine Frau, die noch schlief.

Das plötzliche Summen der Sprechanlage ließ ihn zusammenfahren. Er legte den Schalter um und sagte: »Harmas. Ja?«

»Ich muß Sie sprechen.«

Maddox' Stimme war nicht zu verkennen.

»Bin auf dem Weg«, sagte Harmas und schaltete aus. Dann schob er sich aus dem Sessel hoch und wanderte den langen Korridor zu Maddox' Büro hinunter.

Patty begrüßte ihn mit einem strahlenden Lächeln, das Harmas förmlich weh tat.

»Sie sehen aus, als hätten Sie einen Kater«, sagte sie. »Stimmt's?«

»Ja.« Harmas hielt sich den Kopf. »Was will er?«

»Ich weiß nicht. Ich brachte ihm vor fünf Minuten die Zeitung. Dann gab es eine Explosion, und ich hörte ihn nach Ihnen schreien.«

»Ich habe so eine Ahnung, daß ich heute keinen guten Tag habe«, sagte Harmas und wandte sich zu Maddox' Zimmer.

Maddox paffte wütend eine Zigarette. Obwohl es erst neun Uhr fünfzehn war, waren sein Schreibtisch und der Fußboden in einem Zustand, als habe er die ganze Nacht durchgearbeitet.

»Sehen Sie sich das an«, sagte er und warf Harmas eine Zeitung hin.

Harmas ließ sich in den Sessel fallen und las die riesige Schlagzeile:

WAHNSINNIGER SCHLÄGT WIEDER ZU

Er sah Maddox an, der ihn beobachtet hatte, dann las er den Bericht unter der Schlagzeile. Plötzlich setzte er sich auf.

»Philip Barlowe? Das ist doch ein Klient von uns, nicht wahr? Ist das nicht der . . .?«

»Er war unser Klient!« sagte Maddox wütend. »Er war mit 50 000 Dollar versichert . . . jetzt ist er tot!«

»Durch den Kopf geschossen . . . seine Frau vergewaltigt!« Harmas war entsetzt. »Es wird Zeit, daß sie den Verrückten endlich schnappen. Sie scheint in einem schlimmen Zustand zu sein.«

»Ich kann auch lesen«, sagte Maddox. »Steve, mir gefällt das nicht. Die Sache stinkt. Dieser Bursche hat sich vor zehn Tagen versichert – nun ist er tot. Mir gefällt das nicht.«

»Ich glaube, ihr gefällt das auch nicht«, sagte Harmas leicht ungeduldig. »So etwas passiert halt.« Er blickte Maddox scharf an. »Sie glauben doch nicht, daß er wegen der Versicherungssumme umgebracht worden ist?«

»Ich weiß es nicht, aber wenn ein kleiner Verkäufer eine Lebensversicherung über 50 000 Dollar abschließt und stirbt, bevor die Tinte ganz trocken ist auf der Police, dann gefällt mir das nicht.«

»Es heißt hier, daß sie vergewaltigt und ihr der Kiefer ausgerenkt wurde. Sie bekommt doch das Geld, nicht wahr? Wollen Sie sagen, daß ...«

»Für 50 000 Dollar lasse ich mich auch vergewaltigen und mir den Kiefer verrenken«, sagte Maddox grimmig. »Ich bin schon viel weiter als Sie. Sie haben das Dossier noch nicht gesehen, das uns die Detektei über diese Frau geschickt hat... ich habe es gelesen. Eine schöne Geschichte. Eine Frau wie sie ist zu allem fähig.«

»Wo ist der Bericht? Lassen Sie ihn mich lesen, dann bin ich ebenso gescheit wie Sie«, sagte Harmas.

»Lassen Sie den Bericht. Wir müssen schnell handeln. Sie sollen sofort nach Brent fahren. Sprechen Sie mit Leutnant Jenson. Sagen Sie ihm, daß mir die Umstände nicht gefallen und daß Sie mit ihm zusammenarbeiten sollen. Er wird froh sein, Sie dabei zu haben. Ich wünsche, daß Sie dabei sind, wenn Jenson mit der Frau spricht. Halten Sie Augen und Ohren offen. Sprechen Sie mit Anson. Sagen Sie ihm, daß ich Einspruch gegen die Auszahlung der Versicherung erheben werde. Er soll der Presse gegenüber den Mund halten. Fahren Sie nach Jason's Glen oder wie das Ding heißt und schauen Sie sich um.« Er drückte die Zigarette aus und zündete sich eine neue an. »Und Steve, während sie im Krankenhaus ist, fahren Sie zu ihrem Haus und werfen einen Blick hinein. Sagen Sie Jenson nichts davon.«

»Wonach soll ich suchen?« fragte Harmas.

»Ich weiß es nicht. Sie sollen sich einen Eindruck von der Atmosphäre dort verschaffen. Vielleicht finden Sie etwas. Fahren Sie hin und sehen Sie sich um.«

»Na schön.« Harmas stand auf. »Zuerst spreche ich mit Jenson.«

»Lassen Sie sich vom Arzt den Bericht über die Frau zeigen. Ich will wissen, ob sie wirklich überfallen und vergewaltigt worden ist.«

»Es steht doch hier, nicht wahr?« Harmas zeigte auf die Zeitung.

»Glauben Sie alles, was in der Zeitung steht?« fragte Maddox bissig. »Verschaffen Sie sich den ärztlichen Bericht!«

Wenige Minuten nach neun betrat Anna Garvin das Büro. Zu ihrer Überraschung fand sie Anson schon am Schreibtisch vor.

»Sie sind früh dran«, sagte sie und sah auf ihre Uhr. »Oder bin ich zu spät?«

Anson war eine halbe Stunde früher gekommen. Er mußte zeitig genug im Büro sein, um die Schaltuhr und das Band vom Magnetophon zu entfernen, ehe Anna kam.

»Ich bin früher gekommen«, sagte er. »Haben Sie schon die Zeitung gesehen? Barlowe ist tot ... erinnern Sie sich? Der Mann, dem ich die große Versicherungssumme aufgeschwatzt habe.«

»Ja, ich habe es gelesen. Schrecklich, nicht, Mr. Anson? Man muß ja Angst haben, nachts auszugehen.«

Anson rief bei der »Pru Town Gazette« an. Er fragte nach Jeff Frisbee.

Als der Reporter an den Apparat kam, sagte Anson: »Dieser Bursche Barlowe hat bei mir vor wenigen Tagen eine Lebensversicherung über 50 000 Dollar abgeschlossen. Ich dachte, Sie könnten diese Nachricht gebrauchen.«

»Aber natürlich«, sagte Frisbee. »Vielen Dank. 50 000, wie? Das ist ein ganz schöner Batzen Geld. Nun, seine Frau wird es gebrauchen können. Ich bin froh, daß Sie mir es erzählt haben.«

»Ist schon jemand verhaftet worden?« fragte Anson.

»Nein. Jenson geht wie ein Gespenst umher ... er hat nicht einen einzigen Hinweis.«

»Wie geht es Mrs. Barlowe?«

»Ziemlich schlecht. Der Arzt läßt noch keinen zu ihr.«

»Wenn sie etwas hören, lassen Sie es mich doch wissen. Mich interessiert die Sache, da Barlowe mein Kunde war.«

»Das werde ich tun. Wie lange wird es dauern, bis Ihre Versicherung zahlt?«

»Nicht sehr lange.«

»Sagen Sie mir bitte Bescheid, wenn es so weit ist. Das ist eine Nachricht. Ich lasse Sie wissen, wenn ich irgend etwas Interessantes erfahre.«

Anson sagte zu und legte auf.

»Wie geht es ihr?« fragte Anna.

»Ziemlich schlecht. Das ist eine gräßliche Geschichte. Ich glaube, das Mindeste, was wir tun können, ist, ihr ein paar Blumen zu schikken. Rufen Sie Devons an und lassen Sie ihr ein Dutzend Rosen ins Krankenhaus bringen, ja, Anna?«

Leutnant Fred Jenson von der Mordkommission in Brent war ein untersetzter, blonder Mann mit wachen grauen Augen und schroffen Manieren. Er war kein großer Kriminalist, aber er gab sich Mühe und erntete manchmal, wenn auch nicht oft, den Lohn für seine Anstrengungen.

Er blätterte in einer Akte, als Harmas kam.

»Hallo«, sagte er. »Was wünschen Sie?«

Er hatte in der Vergangenheit schon mit Harmas zusammengearbeitet und war gut mit ihm ausgekommen. Harmas setzte sich rittlings auf einen Stuhl.

»Maddox schickt mich«, sagte er. »Barlowe hatte bei uns eine Lebensversicherung über 50 000 abgeschlossen, und Maddox findet ein Haar in der Suppe.«

Jenson kannte Maddox und grinste.

»50 000! Das nenne ich allerdings haarig! Also was ist los? Sie wollen mir doch nicht sagen, daß ihm hier etwas faul erscheint! Vor fünf Tagen ist es das erste Mal passiert, jetzt zum zweiten Mal. Wir haben einen Sexmörder in der Gegend, das ist alles. Einen solchen Kerl zu fangen, ist nicht einfach. Ich habe vor, einen Polizisten und ein Mädchen auf Glyn Hill zu placieren, und hoffe, daß er in die Falle geht.«

»Maddox hält den Fall für viel komplizierter«, sagte Harmas. »Er nimmt sogar an, daß Mrs. Barlowe ihren Mann erschossen und sich selbst überfallen hat, um das Geld zu kassieren.«

Jenson machte eine ungeduldige Bewegung.

»Maddox ist verrückt!« rief er. »Das meinen Sie doch nicht ernst, nicht wahr?«

Harmas zuckte die Achseln.

»Wann können Sie mit Mrs. Barlowe sprechen?«

»Dr. Henry im Krankenhaus sagte mir, daß ich ihn um sechs Uhr anrufen soll. Er meint, sie würde bis dahin so weit wiederhergestellt sein, daß sie vernommen werden kann.«

»Ich würde gern mitkommen. Ich werde Ihnen nicht im Wege sein. Maddox möchte, daß ich Ihnen helfe, wenn ich kann. 50 000 Dollar sind ein ganz hübsches Taschengeld.«

»Okay. Sie helfen mir... ich helfe Ihnen, aber Maddox bellt trotzdem den falschen Baum an!«

»Ja... Das habe ich ihm schon zigmal gesagt, und was passiert? Der Kerl bellt doch am richtigen Baum!«

Jenson sah ihn scharf an.

»Sie glauben doch nicht im Ernst, daß Mrs. Barlowe in den Mord verwickelt ist?«

»Das sage ich Ihnen, nachdem ich mit ihr gesprochen habe«, sagte Harmas. »Ich sehe auch schon klarer, wenn ich mit Dr. Henry gesprochen habe.«

»Damit verschwenden Sie nur Ihre Zeit. Der Mörder hat so zugeschlagen, daß er ihr den Kiefer ausgerenkt hat. Glauben Sie...«

Harmas hob die Schultern.

»Maddox sagt, für 50 000 würde er sich von jedermann den Kiefer verrenken lassen.«

Jenson drückte die Zigarette aus.

»Maddox! Der will nur nicht die Versicherung auszahlen! Das ist doch im Grunde alles! Er glaubt alles, solange er nicht zahlen muß, das wissen Sie doch.«

»Wahrscheinlich haben Sie recht«, sagte Harmas. »Ich gehe jetzt. Um sechs Uhr komme ich wieder. Ich möchte dabeisein, wenn Sie mit Mrs. Barlowe sprechen.«

Vom Polizeipräsidium fuhr Harmas zu Ansons Büro.

Er hatte Anson schon öfter getroffen, hatte aber nur noch eine vage Erinnerung an ihn. Er wußte, daß er ein tüchtiger Vertreter war, aber das war auch so ungefähr alles.

Er fand Anson am Schreibtisch. Sobald er ihn sah, erkannte er ihn wieder: einen Mann mittlerer Größe, blond, schmal, mit großen, grauen Augen.

»Kennen Sie mich noch?« sagte er und gab ihm die Hand.

»Aber natürlich«, sagte Anson. »Steve Harmas, nicht wahr?« Er stand auf und schüttelte die dargebotene Hand. »Freue mich, Sie wiederzusehen. Sie kommen wegen dieses gräßlichen Mordes an Barlowe?«

Harmas merkte, daß das rundliche, hausfraulich wirkende Mädchen an dem anderen Schreibtisch neugierig zuhörte.

»Allerdings«, sagte er. »Hören Sie, ich bin gerade von Frisco gekommen. Wie wäre es, wenn wir beide irgendwo eine Tasse Kaffee trinken gingen?«

»Aber gern«, sagte Anson. »Gegenüber ist ein Kaffee.« Zu Anna gewendet fuhr er fort: »In ungefähr einer Stunde bin ich zurück ... wenn jemand nach mir fragt.«

Ein paar Minuten später saßen sie im Kaffee in einer ruhigen Ecke. »Ist Maddox auf dem Kriegspfad?« fragte Anson.

Harmas grinste.

»Das ist milde ausgedrückt. Er glaubt, daß Mrs. Barlowe ihren Mann erschossen und sich selbst vergewaltigt hat!«

Anson ließ ein Stück Zucker in seinen Kaffee fallen.

»Der Mann ist pathologisch. Nun, diesmal muß er den Anspruch anerkennen. Was sind 50 000 Dollar für die National Fidelity? Die Presse weiß davon. Wenn er sich weigert zu zahlen, ist das keine gute Reklame.«

Harmas strich sich über die Nase. Nachdenklich sah er Anson an.

»Woher weiß die Presse davon? Haben Sie es gesagt?«

»Warum nicht?« fragte Anson und lehnte sich zurück. Seine grauen Augen blickten Harmas fragend an. »Da haben wir einen Mord auf der Titelseite. Jeder im Bezirk hier kennt mich. Ich habe mit Barlowe den Versicherungsvertrag geschlossen. Das ist eine gute Publicity nicht nur für mich, sondern auch für die Gesellschaft. Mit dieser Art Publicity kann man, vorausgesetzt, daß die Summe ausgezahlt wird, neue Kunden werben.«

»Maddox wollte nicht, daß Sie mit der Presse sprechen«, sagte Harmas.

»Warum nicht?«

»Er glaubt, die Sache stinkt.«

Anson lächelte und rührte seinen Kaffee um.

»Sie arbeiten für ihn«, sagte er. »Ich arbeite für die Gesellschaft. Wenn ich so arbeiten würde, wie er es von einem Vertreter verlangt, dann würde die Gesellschaft pleite gehen. Hören Sie, Sie wissen, daß ich recht habe. Maddox hätte vor Jahren schon in Pension gehen sollen. Er läßt einem Vertreter keine Chance.«

»Als Sie den Versicherungsvertrag einreichten«, sagte Harmas, »hat er Maddox nicht gefallen. Er hat eine Detektei beauftragt, ein paar Fakten über Barlowe und seine Frau zusammenzutragen. Er hat einen Bericht über beide bekommen. Ich habe ihn nicht gesehen, aber nach dem, was er mir sagt, taugt die Frau nicht viel. Er sagte, daß er einer Frau mit diesem Ruf alles zutrauen würde.«

Anson verschüttete plötzlich seinen Kaffee. Er stellte die Tasse hin und sah Harmas an. Seine grauen Augen waren dunkel geworden.

»Was steht in dem Bericht?«

»Ich weiß nicht. Ich habe ihn noch nicht gesehen; er hat es mir nur erzählt. Er hält sie für zu allem fähig.«

»Er ist verrückt!« Ansons Stimme verriet plötzlich Zweifel. »Diese Frau ist überfallen und mißbraucht worden. Hat er kein Gefühl?«

»Jenson denkt so wie Sie«, sagte Harmas ruhig, »aber ich arbeite jetzt zehn Jahre für Maddox. Er hat sich noch niemals geirrt, wenn er sagt, daß eine Versicherung nicht in Ordnung ist...«

»Das ist doch nur ein Vorwand, um sich um die Auszahlung zu drücken«, sagte Anson. »Maddox schadet der Gesellschaft mehr, als Sie glauben. Was bedeuten schon 50000 Dollar für einen solchen Konzern?«

»50000 Dollar«, wiederholte Harmas und grinste. »Vergessen Sie nicht, Maddox prüft im Jahr an die 2000 und mehr Policen. Rechnen

Sie es sich aus. Eine Police ist nichts, aber 2000 machen schon eine ganz schöne Summe aus.«

Anson trank seinen Kaffee aus.

»Schön ... was soll ich also tun?«

»Sie tun gar nichts. Ich wollte Sie nur ins Bild setzen. Ich bin derjenige, der die Arbeit machen muß. Wo wohnte Barlowe?«

Anson fuhr zusammen, dann zwang er sich zur Ruhe, und als er sich eine Zigarette anzündete, sah er Harmas gerade in die Augen.

»Es liegt etwas außerhalb der Stadt und ist nicht ganz leicht zu finden.«

»Bringen Sie mich hin«, sagte Harmas und stand auf. »Ich will es mir ansehen.«

»Ansehen?« sagte Anson, unbeweglich sitzend, und starrte Harmas an. »Was meinen Sie damit?«

»Das ist Maddox. Er will, daß ich mir die Wohnung ansehe, während Mrs. Barlowe aus dem Weg ist.«

»Aber das können Sie doch nicht tun! Sie können doch nicht in das Haus ein ...«

»Kommen Sie!« Harmas Stimme klang jetzt scharf. »Ich tue, was mir mein Boss sagt. Gehen wir.«

Anson zögerte, dann stand er auf. Er folgte Harmas über die Straße zu seinem Wagen.

»Sehen Sie sich das an!« rief Harmas.

Harmas starrte Barlowes Garten an, als Anson den Wagen in die Einfahrt fuhr.

»Ganz gut, was?« sagte Anson kalt und unbeteiligt.

»Gut? Ja, dieser Mann muß ja ein Genie gewesen sein! Sehen Sie sich diese Rosen an! Himmel! Ich wünschte, Helen könnte das sehen! Sie will so gern Rosen züchten!«

Harmas stieg aus dem Wagen und wanderte durch den Garten. Er bestaunte die Goldfische, er stand mit offenem Mund vor den riesigen Dahlien und bewunderte den Springbrunnen, während Anson am Wagen stand und ihn beobachtete.

»Ich habe nie etwas Ähnliches gesehen«, sagte Harmas schließlich und drehte sich zum Haus um. »Und nun sehen Sie das hier! Was für ein Gegensatz! Sieht so aus, als hätte er sich nicht die Bohne um sein Haus gekümmert, wie?«

Anson gab keine Antwort.

Harmas steckte die Hände in die Hosentaschen und ging mit langen Schritten zur Haustür. Er betrachtete die abblätternde Farbe und drückte gegen die Tür. Dann nahm er etwas aus der Tasche, und im nächsten Augenblick schwang die Haustür auf.

»Sie können doch da nicht hineingehen!« sagte Anson scharf. »Hören Sie, Harmas ...«

Aber Harmas war schon in den Flur gegangen und stand jetzt im Wohnzimmer.

Anson folgte ihm und sah zu, wie Harmas umherwanderte.

»Das ist interessant«, sagte Harmas. »Ein so schöner Garten, und trotzdem waren die beiden fähig, so zu hausen. Sehen Sie sich das Zimmer an! Sie hat wochenlang nicht saubergemacht. Sehen Sie den Staub! Was für eine Schlampe muß das sein!«

Anson sagte nichts. Er beobachtete Harmas, der an den Tisch trat und die Schreibmaschine und das Papier betrachtete, das auf dem Tisch lag.

»Sie schreibt also?« fuhr Harmas fort. »Oder hat er es getan?«

»Ich weiß nicht«, sagte Anson, während Harmas sich vorbeugte und eine der schlecht getippten Seiten zu lesen begann. »Hören Sie, ich glaube, wir dürfen nicht in den Privatsachen der Leute herumspionieren.«

Harmas zog sich plötzlich einen Stuhl heran und setzte sich. In den nächsten fünf Minuten blätterte er die Seiten des verstreuten Manuskriptes durch und las interessiert.

Anson sagte kurz: »Wir haben kein Recht, hier zu sein. Wie lange ...«

Harmas hob die Hand.

»Beruhigen Sie sich, Freund. Ich untersuche den Fall. Setzen Sie sich ins Auto, oder sehen Sie sich den Garten an, das hier ist sehr, sehr interessant.« Er las weiter, während Anson ihm zusah. Schließlich sammelte Harmas die Seiten, die er gelesen hatte, ein und steckte sie zusammengefaltet in seine Tasche.

»Was tun Sie da?« fragte Anson.

Harmas blinzelte.

»Wissen Sie, Maddox ist doch ein Kerl. Er hatte gesagt, ich solle hierherfahren und mich umsehen. Er hatte keine Vorstellung, was ich suchen sollte, und ich auch nicht, aber ich sollte mir einen Eindruck von der Atmosphäre hier machen.« Er klopfte auf seine Tasche. »Ob Sie es glauben oder nicht, hier ist ein Konzept für eine Kurzgeschichte, in der eine Frau eine Versicherungsgesellschaft betrügt. Sie und ihr Liebhaber ... ein Schalterbeamter einer Fluggesellschaft ... es ist eine hübsche Idee. Maddox wird begeistert sein. Wenn sie das geschrieben hat, dann beweist das, daß sie die Idee zu einem Versicherungsbetrug hatte, und wenn sie ihren Anspruch anmeldet, können wir die Geschichte benutzen, um ihre Absichten zu zeigen.«

»Das ist doch lächerlich«, sagte Anson zornig. »Viele Leute schreiben Geschichten über ...« Er brach ab, als er sah, daß Harmas nicht zuhörte. Harmas war aufgestanden und wanderte durch das Zimmer, leise vor sich hin pfeifend. Er blieb stehen und sah sich etwas an der Wand an. »Haben Sie das gesehen?« sagte er. »Barlowe war ein Meisterschütze. Er hat den ersten Preis des Kleinkaliber-Clubs von Pru Town gewonnen.«

»Na und?« sagte Anson bissig. »Wir stehen sehr dumm da, wenn uns jemand hier findet.«

»Beruhigen Sie sich«, sagte Harmas. »Wer soll schon kommen? Ein Mann, der sich für Pistolenschießen interessiert, hat wahrscheinlich auch eine Waffe. Ich möchte wissen, ob er eine Pistole besaß?«

»Was bedeutet es schon, wenn er tatsächlich eine besaß?« sagte Anson.

Harmas ging wieder umher. Er blieb stehen, öffnete Schränke und Schubladen, dann kam er schließlich an das schwere, häßliche Büfett. Er zog eine Schublade auf.

»Da haben wir's ... ein Pistolenkasten.« Er nahm die Holzkiste aus der Schublade und öffnete sie. Einen langen Moment war es still, dann sagte er: »Munition, Reinigungsöl, aber keine Pistole, und doch ist hier die Stelle, wo sie gelegen hat. Wo ist sie?«

»Fragen Sie mich, oder sprechen Sie mit sich selbst?« fragte Anson.

Harmas grinste ihn an.

»Ich sprach nur mit mir selbst. Hören Sie, warum bewundern Sie nicht ein bißchen den Garten? Ich werde hier noch eine Weile bleiben. Das Haus fasziniert mich.«

Anson ging zur Couch und setzte sich.

»Ich bleibe hier. Wenn ich irgend etwas tun kann ...«

Harmas summte vor sich hin, er hörte gar nicht zu. Er verließ das Zimmer, und Anson hörte ihn die Treppe hinaufgehen.

9

Anderthalb Stunden später fuhren Harmas und Anson von Barlowes Haus fort in Richtung Pru Town.

Harmas schwieg zunächst während der Fahrt, als sie dann die Vororte von Pru Town erreichten, fing er an zu sprechen.

»Maddox mag Ihnen wie ein alter Quengler vorkommen, der immer nur Unruhe stiftet«, sagte er, »aber er ist weit davon entfernt. Er ist so etwas wie ein Hellseher – ohne Spaß. Hier haben wir so eine Situation: Ein Mann arbeitet als kleiner Verkäufer, versichert sein Leben für 50 000 Dollar. Maddox hatte recht, als er die Augenbrauen hochzog. Seit ich das Haus dieses Burschen gesehen habe, frage ich mich auch, warum er sich so hoch versichert hat.«

Anson hob die Schultern.

»Er brauchte die Versicherung, um sich einen Kredit zu beschaffen, damit er sich als Gartenarchitekt selbständig machen konnte«, sagte er tonlos. »Ich habe das Maddox alles schon erklärt. Ich habe Barlowe nicht überredet, falls Sie sich darüber überhaupt Gedanken machen.«

»Er muß große Pläne gehabt haben«, sagte Harmas, der Ansons Verärgerung merkte. »50 000 sind ein schönes Stück Geld für einen einfachen Mann wie Barlowe.«

»Sie haben seinen Garten gesehen«, sagte Anson. »Warum sollte er nicht große Pläne haben? Er konnte die erste Prämie zahlen, warum sollte ich mir da Gedanken machen?«

»Er hat bar bezahlt?«

»Ja.«

»Nach dem Aussehen des Hauses kann man sich gar nicht vorstellen, daß er soviel Bargeld besaß.«

Anson zuckte ungeduldig die Achseln.

»Na schön, dann machen Sie von mir aus ein Rätsel daraus. Er hatte das Geld, er hat es mir gegeben – sollte ich mir den Kopf darüber zerbrechen, daß der Mann bar bezahlt?«

Harmas sah den schmalen, blonden Mann an seiner Seite nachdenklich an, dann blickte er fort.

»Sie haben recht«, sagte er besänftigend. »Erzählen Sie mir von Mrs. Barlowe. Was für eine Frau ist sie?«

»Ich weiß nicht«, sagte Anson kurz. »Ich habe sie nur einmal gesehen ... Sie ist hübsch, noch jünger. Ich habe nicht viel auf sie geachtet.«

»Sind sie gut miteinander ausgekommen?«

»Ja«, sagte Anson. »Sie sind sehr gut miteinander ausgekommen.«

»Tatsächlich? Wie kommen Sie darauf?«

Anson wurde plötzlich wachsam. Vorsicht, sagte er sich, dieser Mann ist kein Schwätzer, er redet nicht nur so daher. Er ist Chefdetektiv und Maddox' Mann.

»Ich weiß nicht ... das war so mein Eindruck, nach der Art, wie Barlowe von ihr sprach.«

»Dann muß er es aber sehr geschickt angestellt haben, Sie zum Narren zu halten«, sagte Harmas und steckte sich eine Zigarette zwischen die Lippen. »Waren Sie mal oben gewesen und haben sich die Zimmer angeschaut?«

Ansons Hand umklammerte das Lenkrad.

»Zum Narren gehalten? Was wollen Sie damit sagen?«

»Die beiden haben nicht zusammen geschlafen. Sie hätten sein Zimmer sehen sollen. Die Bettwäsche ist seit Monaten nicht gewechselt worden.« Harmas zog eine Grimasse. »Unser kleiner Freund war pervers. Ich habe ein paar Bücher in seinem Zimmer gefunden, bei deren Lektüre Ihnen die Haare zu Berge stehen würden. Ich habe noch mehr gefunden. Diese beiden lebten nicht wie Mann und Frau zusammen. Darauf wette ich hundert Dollar.«

»Mag schon sein«, sagte Anson tonlos. »Ich hatte jedenfalls den Eindruck, daß sie glücklich miteinander waren.«

»Sie hat das Haus zu einem Schweinestall verkommen lassen. Wenn eine Frau ihren Mann wirklich liebt, dann bemüht sie sich, sein Heim in Ordnung zu halten.«

»Meinen Sie?« sagte Anson gleichgültig. »Das finde ich nicht. Vielleicht hat sie es nur nicht verstanden, einen Haushalt zu führen ... manche Frauen können das nicht.«

»Nun, wir werden sehen. Ich kann es gar nicht abwarten, den Bericht über sie zu lesen«, sagte Harmas und zündete seine Zigarette an.

»Was stand denn nur in dem Bericht?« fragte Anson scharf.

»Ich habe ihn noch nicht gelesen, aber Maddox hat sich darüber aufgeregt.«

»Ich möchte ihn gern sehen«, sagte Anson.

»Sie brauchen sich darüber nicht den Kopf zu zerbrechen. Ihre Aufgabe ist es, Versicherungen abzuschließen, und das tun Sie verdammt gut. Meine Aufgabe ist es, festzustellen, ob ein Anspruch zu Recht besteht.«

Fünf Minuten später fuhr Anson vor dem Hotel Marlborough vor.

»Ich setze Sie hier ab«, sagte er. »Ich habe noch eine Menge zu tun.«

»Gut«, sagte Harmas und stieg aus. »Ich will um sechs Uhr bei Jenson sein. Wir besuchen Mrs. Barlowe. Ich lasse Sie wissen, wie es ausgegangen ist.«

»Ja«, antwortete Anson, winkte mit der Hand und fuhr davon.

Fay Lawley beobachtete, wie Harmas aus Ansons Wagen stieg und zum Hotel hinüberging. Sie sah Anson fortfahren, wartete einen Augenblick, dann ging sie zum Hoteleingang und sah gerade noch, wie Harmas seine Schlüssel vom Empfang holte und durch die Halle zum Fahrstuhl ging.

Sie wandte sich zur Rezeption, wo Tom Nodley, der Empfangschef, Post sortierte.

»Hallo, Tom«, sagte sie und lächelte ihn hinreißend an.

»Hallo, Baby«, sagte Nodley und ließ seinen Blick über ihren üppigen Körper wandern. »Was wünschen Sie?«

»Wer ist der gutaussehende Romeo, der sich gerade seinen Schlüssel geben ließ?« fragte sie und zog einen Dollar aus der Tasche.

Nodley sah das Geld und grinste.

»Das ist nichts für dich, Baby«, sagte er und nahm den Dollar. »Das ist Steve Harmas, Chefdetektiv der National Fidelity Insurance.«

Fay zog die ausgezupften Augenbrauen hoch.

»Chefdetektiv? Heißt das, daß er ein Polizist ist?«

»So ungefähr. Er untersucht den Mord an Barlowe.«

»Aber er ist ein Polizist?«

»So etwas Ähnliches.«

Fay lächelte.

»Danke ... bis bald.«

Nodley sah ihr anerkennend nach, als sie hüftenschwenkend hinausging.

Dr. Henry, der Chirurg des Krankenhauses in Pru Town, empfing Leutnant Jenson und Harmas in seinem Büro. Er bot ihnen Stühle an.

»Das hier ist Mr. Harmas von der National Fidelity Insurance Corporation«, erklärte Jenson. »Barlowe war bei seiner Gesellschaft versichert. Er ...«

»Einen Augenblick«, unterbrach Harmas. Er wollte nicht, daß der Arzt einen falschen Eindruck empfing. »Ich bin Detektiv und arbeite mit dem Leutnant zusammen. Meine Aufgabe ist es, alle Ansprüche an unsere Gesellschaft zu untersuchen. Bis jetzt ist im Fall Barlowe noch kein Anspruch geltend gemacht worden. Es war noch gar keine Zeit dafür, aber wir wollen vorbereitet sein, wenn er erhoben wird. Barlowe hatte eine Lebensversicherung über 50 000 Dollar abgeschlossen, und zwar vor zehn Tagen. Die Umstände waren ungewöhnlich, aber natürlich wollen wir, wenn es sich um eine derart hohe Summe handelt, nicht zahlen, wenn auch nur der geringste Zweifel an der Rechtmäßigkeit des Anspruchs besteht.«

Dr. Henry, ein großer Mann mit schütterem Haar, hob seine blassen Augenbrauen.

»Was meinen Sie damit genau und was hat das mit mir zu tun?«

»Wir müssen überzeugt sein, daß Mrs. Barlowe tatsächlich überfallen und vergewaltigt worden ist«, sagte Harmas. »Wir brauchen eine Bestätigung der Einzelheiten von Ihnen.«

»Ich kann Ihnen diese Bestätigung ohne Zögern geben«, sagte Henry. »Die Frau ist mit absoluter Sicherheit überfallen worden... ihr Kiefer war ausgerenkt, und es besteht kein Zweifel, daß sie brutal vergewaltigt worden ist. Ich kann Ihnen Einzelheiten mitteilen, die Ihre Leute überzeugen werden, daß sie ein schreckliches und quälendes Erlebnis hinter sich hat.« Harmas und Jenson tauschten einen Blick. Harmas zuckte die Achseln.

»Danke, Doktor, das ist alles, was wir brauchen. Können wir jetzt mit ihr sprechen?«

»Ja. Ich bringe Sie hin.« Henry sah Jenson an. »Machen Sie es so kurz wie möglich. Sie ist in einem schlechten Zustand und leidet noch unter einem schweren Schock.«

»Natürlich.« Jenson stand auf. »Was ich jetzt von ihr wissen will, ist nur eine Beschreibung des Mörders. Alles andere kann warten.«

Die beiden Männer folgten dem Arzt zum ersten Stock. Sie betraten ein Zimmer, in dem sich ein Bett und das übliche Krankenhausinventar befand. Im Bett lag eine Frau mit nußbraunem Haar.

Durch eine Handbewegung bedeutete Henry den beiden Männern, an der Tür zu bleiben und ging zu der Frau.

»Mrs. Barlowe, Leutnant Jenson möchte gern mit Ihnen sprechen. Ich habe ihn gebeten, Sie nicht zu sehr anzustrengen. Glauben Sie, daß Sie mit ihm sprechen können?«

Während er sprach, betrachteten Harmas und Jenson neugierig die Frau. Harmas sah betroffen, daß die linke Seite ihres Gesichts Wunden aufwies und daß ihr linkes Auge zugeschwollen war. Ihre Lippe war aufgerissen. Es war offenkundig, daß sie einen heftigen Schlag auf diese Seite des Gesichts erhalten hatte ... daran war nichts zu deuteln. Trotz ihrer Entstellung sah Harmas, daß die Frau aufregend gut aussah ... schön war nicht das richtige Wort, fand er.

»Es geht schon«, sagte sie mit leiser, zittriger Stimme. »Ja, natürlich kann ich mit ihm sprechen.«

Jenson trat vor.

»Wir wissen, daß es Ihnen nicht gut geht, Mrs. Barlowe«, sagte er.

»Es tut mir leid, daß ich Sie jetzt schon belästigen muß, aber ich brauche eine Beschreibung des Mannes, der Sie überfallen hat. Können Sie mir helfen?«

Meg schloß lange die Augen, dann öffnete sie sie wieder. Auf dem Tisch am Fenster stand eine Vase mit einem Dutzend blutroter Rosen.

Wenn du Rosen bekommst, weißt du, daß der Mann noch auf freiem Fuß ist, hatte Anson gesagt.

»Er war klein und untersetzt«, sagte sie, »und er war vollkommen kahl.«

»Das ist derselbe Strolch!« rief Jenson und sah Harmas an. »Derselbe, der ...« Er brach ab und unterdrückte seine Erregung. Zu Meg gewendet, fuhr er fort: »Woher wissen Sie, daß er kahl war, Mrs. Barlowe?«

Sie schloß die Augen. Es blieb still, dann sagte sie: »Bei dem Kampf ... fiel ihm der Hut vom Kopf ... er hatte eine Glatze.«

»Können Sie sich erinnern, wie er angezogen war?«

»Er trug einen schwarzen Mantel und einen schwarzen, weichen Hut.«

Jenson nickte zufrieden.

»Gut, Mrs. Barlowe, ruhen Sie sich wieder aus. Ich werde Sie vorerst nicht wieder stören. Erholen Sie sich erst einmal.«

Harmas bewegte sich zum Bett hin und fragte: »Mrs. Barlowe, da ist noch eins, was uns helfen könnte. Warum sind Sie und Ihr Mann nach Jason's Glen gefahren?«

Die kobaltblauen Augen öffneten sich plötzlich. Meg sah Harmas wachsam an.

»Warum? Warum ... Phil wollte es ... es war unser Hochzeitstag. Er ging mit mir in das Court-Gasthaus essen ... er war in sentimentaler Stimmung ...« Sie brach ab und verbarg ihr Gesicht in den Händen.

Dr. Henry sagte: »Das muß genügen, meine Herren. Mrs. Barlowe braucht Ruhe.«

Er schob Jenson und Harmas zur Tür. Harmas blieb in der Tür stehen und sah zurück zu Meg. Sie lag unbeweglich da, das Gesicht hinter den Händen versteckt.

Als sie den Korridor entlanggingen, sagte Jenson: »Es ist derselbe Mann. Das Schlimme ist bloß, daß er überall sein kann und daß er das hier noch einmal tun kann.«

»Wir wollen uns Mr. Philip Barlowe noch einmal ansehen«, sagte Harmas. »Ihn wenigstens können wir nicht stören.«

»Warum wollen Sie ihn sehen?«

»Ich möchte den Mann sehen, der es fertiggebracht hat, diese hübsche Puppe zu überreden, seine Frau zu werden ... er muß ein toller Kerl gewesen sein«, sagte Harmas.

Der Wärter im Leichenschauhaus, ein riesiger Neger, hob das Tuch hoch.

»Hier ist er, Mister ... ist nicht viel dran an ihm.«

Jenson, der die Leiche schon gesehen hatte, blieb weit von dem Tisch entfernt stehen, die Zigarette in der Hand. Sein Gesicht verriet seine Ungeduld und Empörung.

Harmas schob den Hut in den Nacken und betrachtete die sterblichen Reste von Philip Barlowe. Dann nickte er dem Neger zu und wandte sich zu Jenson.

»Haben Sie schon einen Bericht über die Kugel, die ihn getötet hat?«

Jenson sah ihn fragend an.

»Noch nicht ... warum?«

»Wie lange wird es noch dauern?«

»Er könnte jetzt fertig sein.«

»Ich habe so eine Ahnung«, sagte Harmas. »Wollen mal feststellen, ob er fertig ist.«

Sie gingen zum Büro des Coroners, und Jenson rief die ballistische Abteilung an. Während er wartete, sagte Harmas nachdenklich: »Was für eine magische Anziehungskraft mag so ein unscheinbarer Kerl wie Barlowe auf ein so sexy wirkendes Stück gehabt haben, daß diese Frau ihn geheiratet hat?«

»Frauen tun die sonderbarsten Dinge«, sagte Jenson, dann bedeutete er Harmas mit einer Handbewegung, zu schweigen, als die Verbindung zustande kam. Er fragte nach dem Bericht über das Geschoß. Zuerst blieb er still, dann fragte er etwas und sagte schließlich: »Gut, Ted. Danke. Ich komme gleich.« Er legte auf. Verwirrt starrte Jensons Harmas an. »Was sagen Sie dazu? Die beiden Männer sind beide mit Kugeln Kaliber .38 erschossen worden, aber die Pistolen sind verschieden. Die Kugeln passen nicht zusammen. Woher wußten Sie das?«

»Ich habe es nicht gewußt«, antwortete Harmas. »Ich sagte Ihnen ja, es war nur eine Ahnung.« Er stand auf. »Es braucht nichts zu bedeuten. Unser kahlköpfiger Freund kann zwei Pistolen Kaliber .38 besitzen ... aber irgendwie glaube ich das nicht.«

Kurz nach sechs Uhr hatte Anson seine Besuchsliste vervollständigt und fuhr zurück zum Hotel Marlborough. In diesem Augenblick, dachte er, als er den Wagen abschloß, würden Jenson und Harmas mit Meg sprechen. Er hätte viel darum gegeben, wenn er hätte dabeisein können. Er konnte ihr nur vertrauen, daß sie die Nerven behielt. Wenn er sie nur später anrufen und feststellen könnte, was gesagt worden war, aber das war viel zu gefährlich.

Was konnte nur in dem Dossier, von dem Harmas gesprochen hatte, stehen? Hatte Meg ihn angelogen, als sie gesagt hatte, daß sie nicht vorbestraft sei, nichts zu verbergen habe? Hatte Maddox herausgefunden, daß sie Liebhaber hatte? Je mehr Anson über Meg nachdachte, um so klarer wurde ihm, daß sie nicht mit Barlowe gelebt haben konnte, ohne einen Geliebten zu haben. Er hatte einen Fehler gemacht, als er Harmas erzählte, daß Meg und Barlowe glücklich miteinander waren. Er hatte vergessen, daß sie getrennte Zimmer hatten.

»Hallo, Johnny . . .«

Anson fuhr zusammen und sah sich um.

Fay Lawley stand neben ihm. Sie lächelte ihn mit harten, glitzernden Augen an.

»Hallo«, sagte Anson kurz. Er war nicht in der Stimmung, sich mit dieser verblühten Frau abzugeben. »Entschuldige. Ich habe eine geschäftliche Verabredung und bin schon spät dran.«

Sie hielt ihn am Arm fest.

»Laß das. Mir kannst du so etwas nicht erzählen. Ich erwarte, daß du mich heute abend ausführst und etwas von deinem neu erworbenen Geld ausgibst. Es wird Zeit, daß du die Brieftasche aufmachst.«

Anson schüttelte ihre Hand ab.

»Hau ab!« sagte er gehässig. »Geh, verkauf dich anderswo!« Er ließ sie stehen, überquerte die Straße und ging ins Hotel.

Fay stand unbeweglich da und beobachtete, wie er im Hotel verschwand, dann setzte sie sich mit einem harten kleinen Lächeln um die Lippen in Bewegung zur nächsten Bar.

Maddox schob einen Haufen Papier beiseite, der auf die Erde fiel. Er zündete sich eine neue Zigarette an, fuhr sich mit den Fingern durchs Haar und nahm eine weitere Police aus seinem Eingangskorb.

Patty Shaw sah herein.

»Steve ist hier«, kündigte sie an.

Maddox sagte sekundenlang nichts, dann legte er den Vorgang weg und starrte Patty an. Für einen Augenblick schien er sie nicht zu erkennen, dann wurden seine Augen aufmerksam.

»Steve? Natürlich . . . herein mit ihm.«

Patty sagte zu Harmas: »Der Meister kommt aus der Trance. Er wird Sie empfangen.«

Harmas ging ins Büro und setzte sich auf den Kundensessel. Es war neun Uhr fünfzehn. Er war die Nacht durch nach San Francisco gefahren und war ziemlich erschöpft.

Maddox schob seinen Sessel zurück.

»Was gibt's?«

»Eine Menge«, sagte Harmas, »aber ich habe noch nicht Zeit gefunden, alles zu sortieren. Ich dachte, es wäre besser, wenn ich hierher zurückkomme und mit Ihnen spreche. Als erstes: Barlowe und seine Frau lebten nicht wie Mann und Frau miteinander. Sie hatten getrennte Zimmer. Er war pervers, ein kranker Mann. Sie hätten das Zeug sehen sollen, das ich in seinem Zimmer fand: Beweise für seinen Sadismus, seine Verdorbenheit. Mrs. Barlowe ist überfallen und vergewaltigt worden. Ich habe die Bestätigung des Arztes. Hier stehen all die grausigen Einzelheiten.« Er ließ ein Blatt auf den Schreibtisch fallen. »Da ist nichts vorgetäuscht. Ich habe sie gesehen. Sie ist mit Sicherheit zusammengeschlagen worden. Ich war in ihrem Haus. Ein Schwein mit Selbstachtung würde darin nicht wohnen wollen. Ich habe Barlowe gesehen. Er war ein jämmerlicher Zwerg... Ich verstehe nicht, warum sie ihn geheiratet hat.«

Maddox lehnte sich zurück. Sein rotes Gesicht faltete sich zu einem milden Lächeln.

»Fahren Sie fort ... erzählen Sie weiter.«

»Sie schreibt Kurzgeschichten. Gräßliches Zeug, aber eine beschäftigt sich mit einem Versicherungsbetrug.« Harmas zog weitere Schriftstücke aus einer Tasche und legte sie auf den Tisch. »Sehen Sie sich das an, wenn Sie Zeit haben. Sie hat interessante Ideen.«

Maddox nickte.

»Barlowe war ein Meisterschütze«, fuhr Harmas fort. »Er besaß eine Pistole: eine .38er, aber die Waffe ist nicht zu finden. Barlowe wurde mit einer .38er erschossen, der andere Mann ebenfalls, aber die Kugeln passen nicht zueinander. Mrs. Barlowe hat eine Beschreibung des Mörders gegeben: Wort für Wort die Beschreibung, die in den Zeitungsberichten über den Überfall auf das andere Paar gegeben wurde.«

Maddox schnurrte fast. Er öffnete die Schreibtischschublade, nahm ein Aktenstück heraus und schob es zu Harmas hinüber.

»Da ist es, Steve. Nehmen Sie es mit und lesen Sie. Dann kommen Sie wieder, und wir sprechen weiter... Sie haben gute Arbeit geleistet.«

Harmas nahm die Akte an sich.

»Da ist noch etwas«, sagte er und stand auf. »Anson hat die Presse schon alarmiert, daß diese Frau ihren Anspruch anmelden wird. Wenn wir die Auszahlung blockieren, ohne gute Gründe zu haben, dann bringt uns das in schlechten Ruf. Sie hat das Mitgefühl der Öffentlichkeit.«

Maddox grinste wie ein Wolf.

»Lesen Sie das Dossier. Wir brauchen uns um unseren Ruf nicht zu sorgen, wenn der Inhalt veröffentlicht wird. Das Ganze ist ein Schwindel, ich wußte es, sobald die Police auf meinen Tisch kam. Machen Sie weiter ... Sie haben gute Arbeit geleistet.«

Joe Duncan, ein großer Mann mit umfangreichem Hängebauch und dem Teint des Alkoholikers, legte den Hörer eines seiner sechs Telefone auf und sah Sailor Hogan fragend an, der in sein Zimmer kam.

»Hau dich hin«, sagte Duncan. »Hast du 'ne Ahnung, was für einen Tag wir heute haben?«

Hogan ließ sich in dem riesigen Sessel gegenüber von Duncans Schreibtisch nieder. Er zündete sich eine Zigarette an.

»Was geht's mich an?«

»In fünf Tagen kommst du mit 25 000 über den Tisch, oder mit uns beiden ist es aus«, sagte Duncan. Er lehnte sich zurück, faßte mit dicken Fingern nach einer Zigarre, biß das Ende mit kleinen gelben Zähnen ab und spuckte es in den Papierkorb. »Wie steht's? Ich brauche das Geld ..«

Hogan grinste ihn an.

»Du kriegst es, und wenn ich es mir borgen muß.«

Duncan lachte höhnisch.

»Wer pumpt dir schon Geld?«

»Du wirst dich wundern«, sagte Hogan und blinkte ihm zu. Er fühlte sich sehr sicher. »Ich bin ein Mann mit guten Aussichten.«

Duncan klopfte auf die Ausgabe der »Pru Town Gazette«, die vor ihm auf dem Schreibtisch lag.

»Nach diesem Blatt hier ist deine Puppe vergewaltigt worden. Willst du mir erzählen, daß du trotzdem noch 25 000 zusammenbringst?«

Hogan grinste breit.

»Lies es dir noch mal durch. Was macht es schon, daß sie vergewaltigt worden ist? Ihr Mann ist tot, und er war mit 50 000 versichert. Steck dir das in den Rachen und schluck es runter.« Er sah auf. »Bis bald, Joe. Beruhige dich. Alles klappt großartig ... beruhige dich nur.«

Als er gegangen war, kratzte sich Duncan den fetten Nacken, zuckte die Achseln und faßte nach dem Telefon.

10

Spät am nächsten Abend kam Harmas wieder in Pru Town an. Den ganzen Vormittag hatte er mit Maddox verbracht und seine Instruktionen erhalten. Jetzt konnte er handeln.

Er ließ sein Gepäck im Hotel, dann fuhr er zum Court-Gasthaus.

Das Gasthaus war ein paar Meilen außerhalb Pru Towns gelegen. Es war eins der auffallenden, neonbeleuchteten Restaurants, die den Autoverkehr an sich zogen und in denen junge Paare ein halbwegs gutes Essen mit einer halbwegs guten Kapelle zu einem nicht allzu übermäßigen Preis suchten

Er ging an die Bar, die zu dieser Zeit fast leer war. Er fragte den Barkeeper, einen großen, vergnügt aussehenden Neger, ob er einen Tisch im Restaurant haben könne. Der Neger sagte, daß er sich darum kümmern werde. Ob er in der Zwischenzeit einen Drink haben wolle?

Harmas bestellte einen großen »Scotch on the rocks« und setzte sich auf einen der hohen Barhocker. Er bat um die Abendzeitung.

Der Barkeeper brachte ihm Glas und Zeitung, dann ging er zum Telefon und rief das Restaurant an. Die Titelseite der Zeitung war voll von dem Mord an Barlowe.

Der Neger kam zurück und sagte, daß Harmas in zehn Minuten einen Tisch haben könne.

»Das ist eine schreckliche Geschichte«, fuhr er fort, als er sah, daß Harmas den Bericht über den Mord las. »Die beiden waren hier, ein paar Stunden bevor es passierte.«

Harmas legte die Zeitung weg.

»Tatsächlich? Ich wundere mich, daß sie nach Jason's Glen hinausfuhren. Nach dem ersten Mord hätte man annehmen können, daß sie sich von einem so einsamen Platz fernhalten.«

Der Barkeeper rollte die Augen.

»Das hat er auch gesagt. Er wollte gar nicht dahin fahren. Sie haben mindestens 20 Minuten darüber gestritten, aber sie wollte unbedingt. Mann! Wenn eine solche Puppe sich etwas in den Kopf setzt, dann kriegt sie es auch!«

»Er wollte also gar nicht dorthin?«

»Bestimmt nicht. Sie kamen hierher auf einen letzten Drink. Es war so gegen halb neun. Ich dachte schon, sie würden auseinanderrennen, so heftig haben sie sich gezankt. Schließlich sagte er, zum Teufel noch mal, wenn sie es unbedingt wollte, dann würde er sie hinfahren. Dann ging sie auf die Damentoilette und ließ ihn noch über zehn Minuten warten. Das hat ihm auch nicht gepaßt!«

»Ihr Pech, daß sie seinem Rat nicht gefolgt ist«, sagte Harmas, während seine Gedanken arbeiteten. Er trank sein Glas leer. »Ich glaube, ich gehe jetzt essen«, sagte er, gab dem Barkeeper ein großzügiges Trinkgeld und ging ins Restaurant.

Er ging durch die Halle und blieb vor der Damentoilette stehen. Der Portier sah zu ihm hinüber, dann kam er heran, als Harmas ihm winkte.

»Ist hier wohl ein Telefon drin?« fragte Harmas und zog seine Brieftasche. Er entnahm ihr einen Fünfdollarschein.

Der Portier folgte dem Geldschein mit den Augen wie ein Jagdhund einem Rebhuhn.

»Ja, Sir.«

»Ist es dem Selbstwähldienst angeschlossen oder handvermittelt?«

»Handvermittelt, Sir.«

»Ich möchte gern mit der Zentrale sprechen«, sagte Harmas. Er zog seine Karte und gab sie dem Portier. Als dieser ihm die Karte zurückgab, tauschte er sie gegen die Fünfdollarnote aus.

»Das läßt sich machen«, sagte der Portier. »Kommen Sie mit.« Er führte Harmas zu einem kleinen Büro, wo sich die Telefonzentrale befand und eine Blondine auf eine Schreibmaschine einhämmerte. Die Blonde war jung und hübsch und sah Harmas an, als der Portier sagte: »Dieser Herr braucht ein bißchen Hilfe.« Er blinzelte. »Hilfst du ihm ... hilft er dir.« Zu Harmas sagte er: »Gehen Sie nur hinein, Sir. May ist gern bereit, hilfreichen Herren zu helfen.« Er ging.

Harmas setzte sich auf eine Schreibtischkante.

»Stimmt das?« fragte er und nahm seine Brieftasche heraus. Er fand, daß es an der Zeit war, extravagant zu sein. Er wußte, daß Maddox bereit war, jede Ausgabe zu tragen, wenn er der Gesellschaft die Auszahlung einer unrechtmäßig beanspruchten Versicherungssumme ersparte.

Die hübsch gebaute Blondine sah mit ihren großen, blauen Babyaugen Harmas interessiert an, als er einen Fünfdollarschein herausfischte.

»Dafür, mein Freund«, sagte sie, »können Sie eine ganze Menge haben.«

»Das ist gut«, sagte Harmas grinsend, »aber alles, was ich jetzt brauche, ist eine kleine Information. Führen Sie Buch über alle Gespräche, die Sie vermitteln?«

»Ja.« Sie musterte ihn. »Sind Sie Privatdetektiv?«

»Ja«, sagte Harmas. »Ich versuche einem Gespräch nachzugehen, das am 30. September ungefähr um halb zehn von hier geführt worden ist ... von einer Frau.«

Die Blonde stand auf und schwenkte ihre hübschen Hüften hinüber zu ihrem Klappenschrank. Sie zog ein Notizbuch zu Rate.

»Hier ist es ... das muß es sein. Ich kann mich nicht mehr erinnern, ob es eine Frau war, aber an diesem Abend hatte ich nicht viel zu tun. Ich habe nur vier Gespräche vermittelt. Drei waren zwischen sieben und halb acht... das andere gegen neun Uhr vierzig. Elmwood 68009.«

»Könnte ich die anderen Nummern auch haben?«

Sie gab ihm die Nummern, und er schrieb sie auf, dann dankte er ihr und gab ihr die fünf Dollar.

Sie lächelte glücklich, als sie das Geld einsteckte. Sie war hübsch, gepflegt und sah gut aus. Einen kurzen Augenblick lang bedauerte es Harmas, daß er verheiratet war, dann schüttelte er diesen Gedanken ab und ging ins Restaurant.

Später rief er die Polizei an. Der wachhabende Sergeant sagte ihm, daß Leutnant Jenson noch nicht zurück sei.

»Sie können mir vielleicht helfen«, sagte Harmas und stellte sich vor. »Ich möchte gern wissen, wem der Anschluß Elmwood 68009 gehört.«

Der Sergeant sagte ihm, er solle warten. Nach kurzer Pause kam er wieder ans Telefon.

»Es handelt sich um eine öffentliche Telefonzelle an der Straße 57. Wenn Sie eine Übersichtskarte das Distrikts haben, so finden Sie die Telefonzelle in Planquadrat A 3.«

Harmas bedankte sich und legte auf.

Gegen zehn Uhr ging Harmas den langen Korridor entlang, der zu Jensons Büro führte. Es roch wie in jeder Polizeistation nach Desinfektionsmitteln und Schweiß.

Jenson sah schmutzig und müde aus, er telefonierte gerade. Als er Harmas sah, sagte er: »Nun, bleiben Sie am Mann ... ja ... ja ... rufen Sie mich zurück.« Dann legte er den Hörer auf die Gabel. Er runzelte die Stirn, als Harmas sich rittlings auf einen Stuhl setzte. »Was wollen Sie?«

»Ich bin gerade zurück von meiner Unterhaltung mit Maddox. Er läßt Sie grüßen. Wie geht's bei Ihnen?«

Jenson rieb sich den Nacken. Er sah wie ein Mann aus, der länger unter Druck gestanden hat, als er sich erinnern kann.

»Einer meiner Leute wurde vor ein paar Tagen bei einem Überfall auf die Tankstelle an der Straße nach Brent erschossen. Dieselbe Pistole, die meinen Mann erschossen hat, tötete Barlowe.«

Harmas atmete tief und langsam ein.

»Was nun also?«

»Wir überprüfen jeden kahlköpfigen Mann im Bezirk. Wir suchen die Pistole«, sagte Jenson grimmig. »Ich habe jeden Mann, den ich entbehren kann, darauf angesetzt.«

»Was hat der Straßenräuber bei seinem Überfall erbeutet?«

»Etwas über 3000 Dollar.«

»Haben Sie eine Beschreibung des Mannes?«

»Ja ... es ist nicht derselbe Bursche, der Barlowe erschossen hat. Dieser hier war groß.« Jenson lehnte sich im Stuhl zurück, nahm sich eine Zigarre aus der Schreibtischschublade und zündete sie an. »Hier ist etwas Merkwürdiges. Wir hatten eine Meldung vom Marlborough-Hotel, daß ein Hut und ein Mantel am Abend des Überfalls gestohlen worden seien. Der Hut war im Tiroler Stil mit Schnur und Feder... Der Räuber hatte den gleichen Hut. Das kann etwas bedeuten. Ich hatte die Vorstellung, daß der Täter nur hier durchgekommen war, aber jetzt frage ich mich, ob es nicht doch jemand von hier war.«

»Wer hat die Beschreibung des Mannes gegeben?«

»Der Tankwart.«

»Vielleicht war er in einer solchen Panik, daß er eine falsche Beschreibung gab.«

Jenson blies Rauch zur Decke.

»Möglich.«

Harmas brütete eine Weile vor sich hin, dann sagte er: »Ich wäre Ihnen dankbar, wenn Sie mich morgen früh nach Jason's Glen mitnehmen würden. Ich habe eine Idee ... vielleicht verschwende ich Ihre Zeit, aber ich glaube es nicht.«

Jenson wischte sich den Schweiß vom Gesicht.

»Ich will sowieso dort hinfahren. Gut, ich hole Sie ab. Was für eine Idee haben Sie?«

Harmas stand auf.

»Das hat Zeit ... bis morgen.« Er ging zur Tür.

Als Jenson auf den Parkplatz am Ende des Sommerweges, der nach Jason's Glen führte, fahren wollte, sagte Harmas scharf: »Halt!«

Jenson trat auf die Bremse, und der Wagen blieb stehen.

»Bevor wir alle Spuren verwischen«, sagte Harmas, »wollen wir lieber einmal nachsehen.«

Er und Jenson gingen zu dem Parkplatz. Auf einem Stück weicher Erde fanden sie den tiefen Eindruck eines Reifens.

Harmas starrte auf die Erde.

»Das ist zu schön, um wahr zu sein«, sagte er. »Wenn wir dieselbe Reifenspur auf Jason's Glen finden, dann glaube ich, daß meine Ahnung richtig war. Schauen Sie sich das an ... sehen Sie, wie abgefahren der Reifen auf der linken Seite ist. Das ist so gut wie ein Fingerabdruck. Wenn Sie ihn wiedersehen, würden Sie ihn erkennen?«

Jenson untersuchte die Spur gründlich, dann nickte er.

»Ja ... was nun?«

»Wir gehen hinauf zum Glen und sehen, ob wir dort denselben Abdruck finden.«

Jenson zuckte die Achseln und ging zum Wagen zurück. Mit Harmas fuhr er die schmale Straße hinauf, die zum Glen führte.

Eine Stunde lang suchten die beiden Männer geduldig die Gegend ab, ehe Jenson wieder auf die Spur stieß.

»Hier ist sie«, rief er Harmas zu, der sich auf der anderen Seite der Schlucht befand.

Harmas kam herüber. Die Spur zeichnete sich klar im Sand ab.

Die beiden Männer kauerten sich daneben nieder.

»Das ist sie!« Harmas war ganz aufgeregt. »Wer sagt, daß ich nicht ein verdammt guter Detektiv bin!« Er trat zurück. »Der Bursche hat seinen Wagen hier in das Gebüsch gefahren. Der Wagen war hier außer Sicht ... ja, so ist es!«

»Würden Sie vielleicht aufhören, Selbstgespräche zu führen und mir ein paar Erklärungen geben?« fragte Jenson. »Sie meinen, daß dies der Wagen des Mörders war?«

Als sie zum Wagen zurückgingen, sagte Harmas: »Ich wette darauf. Erinnern Sie sich, daß ich Mrs. Barlowe fragte, warum sie und ihr Mann hierhergefahren waren, und sie sagte, daß er in sentimentaler Stimmung war und unbedingt herfahren wollte?«

»Ja ... fahren Sie fort.«

»Sie ließ die Bemerkung fallen, daß sie zum Court-Gasthaus gefahren waren. Ich war letzte Nacht dort und sprach mit dem Barkeeper. Er sagte, daß Barlowe gar nicht hierhergehen wollte und daß sie einen Riesenkrach deswegen hatten, bis Barlowe sich schließlich bereit fand, sie hierherzubringen. Sie ging dann zur Toilette und ließ ihn einige Minuten warten. Ich überlegte, ob sie vielleicht in der Zeit telefoniert hatte. Über die abgehenden Gespräche wird dort Buch geführt, und zu der Zeit, in der sie auf der Damentoilette war, ist ein Anruf nach Elmwood 68009 verzeichnet. Das habe ich nachgeprüft und festgestellt, daß das die Nummer der Telefonzelle ist, die wir gerade gesehen haben. Ich glaube, Maddox hat recht wie immer.« Harmas zuckte die Achseln. »Er hat immer recht. Ich glaube, sie und ein Freund haben Barlowe umgebracht. Der Freund wartete auf den Anruf, der ihm mitteilte, daß sie sich auf den Weg machten. Dann fuhr er hierher, versteckte den Wagen, und als sie ankamen, erschoß er Barlowe.«

Jenson sah bedrückt aus.

»Wollen Sie damit unterstellen, daß der Freund sie überfallen und vergewaltigt hat? Zum Teufel mit dieser Idee!«

»Ich zitiere Maddox: Er sagt, er würde sich mit Freuden für 50 000 Dollar überfallen und vergewaltigen lassen.«

»Das hat Maddox gesagt. Eine Frau würde nicht ...«

»Aber wir sind ja ein Stück weiter als Sie«, sagte Harmas. »Wir haben eine Detektei mit der Überprüfung der Frau beauftragt und haben ein ganz hübsches Dossier bekommen. Sie war nicht nur im Gefängnis wegen Diebstahls, sie war auch eine Prostituierte, bevor sie Barlowe heiratete. Ich glaube, Maddox hat recht. Eine solche Frau würde vor grausamer Behandlung nicht zurückschrecken, wenn sie ihr ein Alibi und 50 000 Dollar einbringt.«

»Sie glauben, der Lustmörder ist ihr Freund?«

»Nein. Ich glaube, daß ihr Freund den Mord in der Tankstelle begangen hat und den ersten Sexmord nur kopiert hat, um uns zu täuschen. Die Tatsache, daß Ihr Streifenbeamter und Barlowe mit derselben Pistole umgebracht wurden, legt die Vermutung nahe.«

»Wenn die beiden auf das Geld aus der Lebensversicherung aus waren«, sagte Jenson, »warum riskierte er dann seinen Hals für 3000 Dollar bei dem Überfall auf die Tankstelle?«

Harmas starrte ihn lange an.

»Ja ... das ist ein Argument. Hören Sie, wir wollen uns noch nicht festlegen. Mrs. Barlowe hat schon einmal gelogen. Wir wollen noch einmal mit ihr sprechen ... vielleicht lügt sie wieder.«

Meg Barlowe saß im Bett, als die Krankenschwester Jenson und Harmas hereinbrachte. Obwohl ihr linkes Auge immer noch geschwollen war, fiel Harmas wieder ihre sinnliche Schönheit auf.

»Ich muß Sie noch einmal stören, Mrs. Barlowe«, sagte Jenson. »Ich hörte, daß Sie in ein paar Tagen entlassen werden.«

Meg sah von Jenson zu Harmas und wieder zu Jenson.

»Ja.«

Harmas hatte den Eindruck, daß sie nervös war. Er trat zurück und beobachtete sie.

»Sie und Ihr Mann haben also den Abend im Court-Gasthaus verbracht, und er hat Sie dann überredet, mit ihm nach Jason's Glen zu fahren, stimmt das?« fragte Jenson.

Meg nickte.

»Ja.«

»Wollten Sie mit ihm gehen?«

»Nicht besonders. Ich habe ihm sogar gesagt, daß es vielleicht zu unsicher wäre, aber er lachte mich aus. Ich glaube, er war ein bißchen beschwipst ... Ich glaube, ich auch.«

»Er machte also den Vorschlag, dort hinzufahren ... nicht Sie?«

Sie starrte ihn lange an, bevor sie sagte: »Ja.«

»Als Sie Jason's Glen erreichten, haben Sie irgend jemand dort gesehen ... einen parkenden Wagen?«

»Nein. Ich dachte, wir wären allein.«

»Wie lange waren Sie dort, bevor der Überfall erfolgte?«

»Ungefähr fünf Minuten ... vielleicht etwas länger.«

»Was geschah genau?«

»Wir unterhielten uns. Dann sah ich plötzlich einen Blitz und hörte einen Knall. Phil ... fiel vornüber. Ich sah mich um, und da war dieser Mann. Er richtete die Pistole auf mich und befahl mir, aus dem Wagen auszusteigen. Ich stieg aus und versuchte davonzulaufen. Obwohl er klein und dick war, war er sehr schnell. Er holte mich ein und riß mich herum. Ich schlug nach ihm, und sein Hut fiel vom Kopf. Da sah ich, daß er eine Glatze hatte.«

»Sind Sie dessen ganz sicher?« fragte Jenson. »Könnte er nicht vielleicht auch blondes oder sogar weißes Haar gehabt haben, das Sie im Mondlicht für eine Glatze hielten?«

»Nein ... er hatte kein Haar.«

»Wenn Sie ihn wiedersehen würden, könnten Sie ihn dann identifizieren?«

»O ja ... ich bin ganz sicher.«

»Was geschah dann?«

»Wir kämpften miteinander. Er schlug mir mit dem Pistolengriff ins Gesicht.« Sie sah auf ihre verkrampften Hände herunter. »Nach einer Weile kam ich zu mir, ich war halb ... ausgezogen und mein Gesicht schmerzte. Er war fort. Ich ging zum Wagen. Ich berührte Phil. Ich wußte, er war tot. Ich konnte ihn nicht hinter dem Lenkrad vorziehen. Ich ging den Weg zur Autostraße. Ich fiel immer wieder hin. Es dauerte eine lange Zeit. Schließlich erreichte ich die Straße, und dann ... nun, das nächste, woran ich mich erinnere, ist mein Erwachen in diesem Zimmer.«

Harmas trat vor. Jenson schaltete schnell und zog sich zurück.

»Mrs. Barlowe, vor zehn Tagen hat Ihr Mann eine Lebensversicherung über 50 000 Dollar abgeschlossen«, sagte Harmas mit seinem freundlichen, charmanten Lächeln. »Sie müssen verzeihen, wenn ich ein paar Fragen stelle. Ich bin Angestellter der Versicherungsgesellschaft. Wenn jemand eine Versicherung über eine derartige Summe abschließt und plötzlich stirbt, wird eine Untersuchung angestellt. Sie verstehen das?«

Meg starrte ihn mißtrauisch an.

»Ich weiß nicht«, sagte sie. »Alles, was ich weiß, ist, daß ich meinen Mann verloren habe.«

»Sie haben ihn sehr geliebt?«

»Natürlich ... aber was interessiert Sie das schon?«

»Ist es nicht eine Tatsache, Mrs. Barlowe, daß Sie und Ihr Mann nicht mehr wie Mann und Frau gelebt haben?«

Meg sah Jenson an; ihre kobaltblauen Augen waren plötzlich so hart wie Glas.

»Sagen Sie diesem neunmalgescheiten Burschen, er soll mich in Ruhe lassen«, sagte sie. »Sie wissen ebensogut wie ich, daß ich auf derartige Fragen nicht zu antworten brauche.«

»Sie haben ganz recht«, sagte Harmas schnell. »Das brauchen Sie nicht, aber leider ist es meine Aufgabe, sie zu stellen.« Es gab eine Pause, sie starrte ihn trotzig an. Dann sagte er: »Wie ich höre, war Ihr Mann ein Meisterschütze. Hatte er seine Pistole bei sich, als Sie nach Jason's Glen fuhren?«

Meg zuckte zusammen.

»Nein ... natürlich nicht.«

»Er trug die Pistole niemals bei sich?«

Sie schloß die Augen.

»Ich weiß nicht.«

»Ist die Pistole zu Haus?«

Ihre Augen öffneten sich.

»Ich verstehe das nicht. Was hat Phils Pistole mit all dem zu tun?«

Harmas lächelte wieder und zuckte die Achseln.

»Vielleicht nichts, vielleicht doch etwas. Er hatte seine Pistole zu Haus?«

Wieder entstand eine lange Pause, dann sagte sie: »Er hat sie weggegeben. Er hat lange nicht mehr geschossen. Er hatte die Pistole nicht mehr.«

Jetzt war Jenson interessiert.

»Wem hat er sie gegeben?« fragte er scharf.

Meg zögerte, dann schüttelte sie den Kopf.

»Ich weiß nicht. Er sagte mir, daß er sie weggegeben hat. Vielleicht hat er sie verkauft ... ich weiß nicht.«

»Wann war das?« fragte Harmas.

»Ich erinnere mich nicht mehr ... vor einiger Zeit.«

»Vor drei Wochen ... sechs Monaten?«

Wieder zögerte sie, bevor sie sagte: »Ich glaube vor ungefähr neun Monaten, bald nachdem wir geheiratet hatten.«

Als Jenson etwas sagen wollte, schaltete sich Harmas schnell ein: »Nun, vielen Dank, Mrs. Barlowe. Wir wollen Sie nicht länger stören. Hoffentlich werden Sie bald gesund.«

Er legte seine Hand auf Jensons Arm und schob ihn zur Tür.

Meg sah ihnen nach. Ihr Herz klopfte heftig, und Furcht saß ihr wie ein harter Knoten im Hals.

Als Jenson und Harmas den Korridor entlanggingen, sagte Harmas: »Wir wollen nichts übereilen, Fred. Als nächstes müssen wir ihren Freund finden. Kommen Sie mit mir zum Hotel, und ich gebe Ihnen das Dossier.«

»Nur weil sie vorbestraft ist«, sagte Jenson schwerfällig, »braucht sie noch nicht ihren Mann ermordet zu haben.«

Harmas grinste ihn an.

»Maddox würde sich über diese Bemerkung begeistern. Wenn Sie weiter so kluge Schlüsse ziehen, dann werden Sie noch Polizeichef.« Als er sich neben Jenson in den Wagen setzte, fuhr er fort: »He! Ich habe eine Idee! Wenn sie einen Freund hat, in welchem Zimmer in Barlowes Haus war er dann wohl am meisten?«

Jenson ließ den Wagen an.

»Schießen Sie los ... ich kann es mir vorstellen.«

»So wie sie das Haus vernachlässigt hat und nie saubermacht, finden wir vielleicht seine Fingerabdrücke. Warum schicken Sie nicht ein paar Leute hinüber, die sich ihr Schlafzimmer mal ansehen, bevor sie aus dem Krankenhaus kommt? Sie können das still und unauffällig tun, ohne daß es jemand merkt. Da sie vorbestraft ist, ist er es vielleicht auch, dann finden wir ihn wesentlich schneller, als wenn wir darauf warten, daß er aus seiner Deckung vorkommt. Und noch etwas ... nehmen Sie Fingerabdrücke von dem Pistolenkasten. Vielleicht erleben Sie eine Überraschung.«

Jenson fuhr schweigend zum Hotel, die Stirn gerunzelt. Als sie vor dem Hotel hielten, sagte er: »Ja, Sie haben vielleicht recht. Gut, ich schicke heute nachmittag Leute hinüber.«

»Wer ist Vorsitzender von dem Schützenverein in Pru Town?« fragte Harmas, als er aus dem Wagen stieg. »Und wo finde ich ihn?«

»Harry Seamore. Sie finden ihn wahrscheinlich im Klub in der Sycamore Street. Warum?«

»Ich möchte mit ihm sprechen«, sagte Harmas. »Warten Sie, ich hole den Bericht.«

Harry Seamore, ein schwerer, rotgesichtiger Mann Anfang der Vierzig schüttelte Harmas die Hand, nachdem dieser sich vorgestellt hatte.

»Ich interessiere mich für Barlowes Pistole«, sagte Harmas. »Wie ich höre, hat er die Waffe vor ungefähr neun Monaten weggegeben. Wissen Sie, wem er sie gegeben hat?«

Seamore hatte sich hingesetzt. Er sah erstaunt aus.

»Ich glaube, Sie irren sich. Phil würde seine Pistolen niemals fortgeben. Ich weiß bestimmt, daß er eine davon noch vorige Woche besaß. Ich habe sie mir zufällig von ihm geborgt.«

Harmas beugte sich vor.

»Pistolen? Hatte er mehr als eine?«

Seamore grinste.

»Er hatte ein Paar, zwei schöne Waffen. Ich muß es wissen, denn ich habe sie ihm besorgt: sie waren beide die gleiche Machart, so ziemlich die besten .38er, die mir je in die Finger gekommen sind.«

Harmas fuhr sich durch das Haar und sah Seamore verblüfft an.

»Sie sagten, Sie hätten sich eine seiner Pistolen geliehen?«

»Ganz recht. Ein Freund von mir aus Miami hatte mich besucht. Er glaubt, daß er ein guter Schütze ist.« Seamores freundliches Gesicht überzog ein Lächeln. »Wir wollten ein Wettschießen veranstalten. Ich habe eine .45er, aber mein Freund ist an eine .38er gewöhnt, er hatte seine Pistole aber nicht mitgebracht. Darum rief ich Phil an und fragte ihn, ob er mir eine von seinen Pistolen leihen würde. Mein Freund und ich haben dann die Wette ausgetragen ... er benutzte Phils Waffe. Ich habe Phil die Pistole drei Tage, bevor der arme Bursche umgebracht wurde, zurückgegeben.«

Harmas lehnte sich so weit im Stuhl zurück, daß er knarrte.

»Wo haben Sie Ihr Wettschießen abgehalten, Mr. Seamore?«

»Hier«, sagte Seamore und zeigte mit dem Daumen zum Fenster, durch das man einen Schießstand sehen konnte. »Wir haben zwei Zielkästen aufgestellt und beide 15 Runden geschossen. Ich schlug meinen Freund um eine Zwölf.«

»Besteht die Möglichkeit, die Kugeln von beiden Pistolen noch zu finden, Mr. Seamore?« fragte Harmas.

»Das ist die leichteste Sache der Welt. In der letzten Woche ist hier nicht geschossen worden. Die Kugeln müssen noch in den Kästen sein.«

»Sie wissen, in welchen Kasten Ihr Freund geschossen hat.«

»Natürlich.«

»Kann ich Ihr Telefon benutzen?«

»Aber bitte.«

Glücklich lächelnd wählte Harmas die Nummer des Polizeipräsidiums.

11

Anson mußte zwei Kunden in Pru Town besuchen. Dann wollte er den Abend im Marlborough-Hotel verbringen, bevor er nach Brent heimkehrte.

Während er die vielbefahrene Autostraße entlangfuhr, überlegte er, wie es Meg gehen mochte. Bald würde sie aus dem Krankenhaus entlassen werden. Er hatte ihr schon geraten, die Versicherungspolice, die er Barlowe gegeben hatte, zu vernichten. Das hatte sie sicher getan. Er hatte die Police über 50 000 Dollar, die Barlowe unterschrieben hatte, an Jack Jameson geschickt, einen jungen, aber geschickten Rechtsanwalt, der Meg vertrat.

Nicht einen Augenblick dachte Anson, daß sein Plan nicht funktionieren könne. Die Polizei würde nach dem kahlköpfigen Triebmörder fahnden. Die Presse hatte Mitleid mit Meg. Jameson würde den Anspruch einreichen, und Maddox mußte die Auszahlung genehmigen. Nur eine kleine Unruhe störte Anson ... das Dossier, das Harmas erwähnt hatte. Anson fragte sich immer wieder, was darin stehen konnte.

Nachdem er seine beiden Besuche erfolgreich hinter sich gebracht hatte, fuhr er zum Hotel. Als er Mittag gegessen hatte und zum Ausgang ging, traf er auf Harmas.

»Da sind Sie ja«, sagte Harmas. »Ich hatte gehofft, daß ich Sie treffen würde. Ich möchte mit Ihnen sprechen.«

Anson sah ihn scharf an, dann folgte er ihm in die menschenleere Halle. Sie setzten sich in eine Ecke.

»Was gibt's?« fragte Anson, winkte einem Kellner und bestellte Kaffee.

»Der Fall Barlowe«, sagte Harmas. »Maddox hat recht. Der Mann bringt mich noch um! Er hat immer recht. Die Geschichte ist ein Schwindel.«

Anson nahm eine Schachtel Zigaretten aus seiner Tasche. Er bot Harmas zu rauchen an, und beide Männer zündeten sich Zigaretten an.

»Also los... erzählen Sie«, sagte er mit ruhiger, hölzerner Stimme.

Der Kellner brachte ihnen Kaffee. Als er sich entfernt hatte, sagte Harmas: »So wahr ich hier sitze: diese Frau hat mit der Hilfe eines Freundes ihren Mann umgebracht. Sie haben den anderen Mord als Täuschung benutzt.«

Anson sah auf das glühende Ende seiner Zigarette. Keine Angst, sagte er sich. Was hat er festgestellt? Was habe ich falsch gemacht? Mit Erleichterung dachte er an sein unzerstörbares Alibi.

»Sie verlangen doch nicht im Ernst, daß ich das glaube, nicht wahr?« sagte er. »Das ist doch etwas, was sich Maddox ausgedacht hat, um sich um die Auszahlung zu drücken.«

»Nein«, sagte Harmas ruhig. »Ich habe ihr Dossier gesehen... Sie nicht. Sie ist zu allem fähig. Ich bin sicher, daß Maddox wie immer recht hat.«

Ansons Mund wurde trocken, die Zigarette schmeckte ihm plötzlich nicht mehr. Er drückte sie aus.

»Was steht denn in dem Dossier?«

»Die Frau ist vorbestraft«, sagte Harmas. »Sie war eine Prostituierte. Die Detektei sagt, daß sie einen Freund hatte, mit dem sie lebte. Sie wissen nicht, wer es ist, aber sie hat gestohlen, um ihn zu unterhalten, und ist zu drei Monaten Gefängnis verurteilt worden. Als sie aus dem Gefängnis kam, war ihr Zuhälter verschwunden. Sie traf Barlowe. Es ist merkwürdig, daß ein Mensch wie Barlowe, ein finsterer, älterer Mann, auf ein Straßenmädchen hereinfällt. Ich vermute, daß sie ihren Zuhälter wiedergetroffen hat und daß sie zusammen den Plan ausgebrütet haben, Barlowe eine Versicherung abschließen zu lassen und ihn umzubringen.«

Mit ausdruckslosem Gesicht fragte Anson: »Können Sie irgend etwas beweisen?«

»Ich habe ein paar Beweise. Gut, ich gebe zu, daß es vor Gericht nicht ausreicht, aber es genügt, daß Maddox um jeden Zentimeter Boden kämpft, ehe er zahlt.«

Anson lehnte sich zurück.

»Sie ist meine Klientin. Sie scheinen nicht zu begreifen, wie unangenehm die Sache für mich ist. So etwas kommt herum. Mrs. Barlowes Geschichte steht auf den Titelseiten. Die Leute fühlen mit ihr. Die Zeitungen haben groß herausgebracht, daß sie vergewaltigt und ihr Mann ermordet wurde. Wenn Maddox ihren Anspruch nicht anerkennt, wie stehe ich dann da? Sehen Sie nicht, in was für eine Situation ich gerate? Jedesmal, wenn ich einen zukünftigen Kunden besuche, sagt er: ›Was soll's? Wenn mir etwas passiert, zahlen Ihre Leute doch nicht... sehen Sie sich den Fall Barlowe an.‹ Verstehen Sie das nicht?«

»Doch«, sagte Harmas, »aber Sie wollen doch damit nicht vorschlagen, daß wir einen Versicherungsbetrug durchgehen lassen, oder?«

»Ist es ein Betrug? Nur weil Sie festgestellt haben, daß die Frau vorbestraft ist, braucht sie noch keine Mörderin zu sein. Was für Beweise haben Sie?«

»Ich habe sie bei zwei Lügen ertappt«, sagte Harmas. »Sie war es, die Barlowe überredet hat, nach Jason's Glen zu fahren, und ich habe einen Zeugen, der das beschwört, aber sie behauptet, daß Barlowe dort hinfahren wollte... wegen der Romantik. Ich habe Beweise, daß sie getrennt schliefen. Barlowe war nicht von der romantischen Sorte... er war pervers. Ich wette, daß ihr Freund am Glen auf sie gewartet hat. In dem Gasthaus, wo sie zu Abend gegessen haben, ist ein Anruf zu der Telefonzelle in der Nähe der Schlucht verzeichnet. Ich kann nicht beweisen, daß sie es war, die telefoniert hat, aber es sieht so aus. Ich glaube, daß sie ihren Freund benachrichtigt hat, daß sie und Barlowe sich jetzt auf den Weg nach Jason's Glen machten.«

»Das sind doch nur Indizien, nicht wahr?« fragte Anson und starrte Harmas an.

»Natürlich, aber sie bedeuten rotes Licht. In der Nähe der Telefonzelle haben wir den Abdruck eines Reifens gefunden und denselben Abdruck oben am Glen. Wenn wir feststellen, daß ihr Freund Reifen hat, die zu dem Abdruck passen, dann muß er eine ganze Menge erklären.«

Ansons Gesicht blieb ausdruckslos, aber ums Herz wurde ihm plötzlich kalt.

»Die Abdrücke können doch zu irgendeiner anderen Zeit gemacht worden sein, nicht wahr? Was haben Sie sonst noch?«

Harmas lehnte sich vor.

»Jetzt kommt der Clou«, sagte er. »Barlowe war ein Meisterschütze, er besaß zwei Pistolen, beide Kaliber .38. Beide Pistolen sind verschwunden. Mrs. Barlowe hat uns erzählt, daß Barlowe eine Pistole weggegeben hat, aber Harry Seamore, der Vorsitzende des Schützenklubs, versichert, daß Barlowe sich niemals von diesen Waffen getrennt hätte. Und nun kommt es: Barlowe ist mit seiner eigenen Pistole erschossen worden. Wir konnten die Kugeln vergleichen. Und noch eine Sensation: derselbe Bursche, der Barlowe umbrachte, hat den Polizisten bei dem Überfall auf die Tankstelle getötet. Wie gefällt Ihnen das?«

»Sie waren ganz schön fleißig«, sagte Anson und beugte sich vor, um sein Schuhband festzubinden. Er hatte das Gefühl, daß er blaß geworden war, und er verfluchte sich, daß er Barlowes Pistole benutzt hatte. Damals war es so einfach und bequem erschienen ... was für eine Gedankenlosigkeit von ihm, einen so törichten, gefährlichen Fehler zu machen! Er richtete sich auf. »Was meint denn Leutnant Jenson ... glaubt er, daß Barlowe den Überfall auf die Tankstelle unternommen hat? Das wäre eine Erklärung dafür, woher er das Geld für die Prämie hatte. Wenn ich so darüber nachdenke, dann könnte das die Lösung sein. Er war verzweifelt darauf aus, sich selbständig zu machen. Wahrscheinlich hatte er nicht das Geld für die Prämie und hat es sich geraubt. Das wäre auch eine Erklärung dafür, daß er bar bezahlt hat.«

Harmas rieb sich die Nase.

»Ja, da haben Sie eine gute Idee. Alles in allem bin ich überzeugt, daß Mrs. Barlowe einen Liebhaber hat und daß sie und er die Ermordung Barlowes geplant haben.«

»Wer mag denn der Liebhaber sein, von dem Sie immerfort sprechen?« verlangte Anson zu wissen.

»Wir suchen ihn. Er sollte nicht so schwer zu finden sein«. Harmas trank seinen Kaffee aus. »So, damit haben Sie eine Ahnung, was los ist. Ich berichte jetzt Maddox. Er wird sich freuen! Ich glaube nicht, daß Mrs. Barlowe die Versicherung ausgezahlt wird. Vielleicht endet sie noch in der Gaskammer.«

Anson stand auf.

»Sie müssen noch Beweise bringen«, sagte er. »Bevor sie Beweise haben, halte ich zu meinem Klienten. Diese Situation kann mir das Geschäft endgültig verderben. Wiedersehen.« Er verließ die Halle.

Harmas sah ihm nach. Seine grauen Augen hatten plötzlich einen wachsamen Ausdruck.

Harmas hatte gerade sein Frühstück beendet und war in die Halle des Hotels gegangen, um die Zeitung zu lesen, als Jenson hereinkam.

»Ihre Idee mit den Fingerabdrücken hat sich ausgezahlt«, sagte Jenson. »Ich glaube, wir kennen jetzt ihren Liebhaber. In ihrem Schlafzimmer sind zwei verschiedene Sätze von männlichen Fingerabdrücken. Ein Satz ist uns unbekannt, der andere gehört einem Mann namens Sailor Hogan. Er war einmal Leichtgewichtchampion von Kalifornien und wohnte in Los Angeles. Er arbeitet jetzt in Brent für Joe Duncan, den Buchmacher. Da Hogan in L. A. gewohnt hat und Mrs. Barlowe dort Prostituierte war, kann es durchaus sein, daß er ihr Zuhälter war.«

»Haben Sie Abdrücke auf dem Pistolenkasten gefunden?« fragte Harmas.

»Ja, aber das waren nicht Hogans, sie gehören zu dem anderen Burschen«, sagte Jenson. »Ich will jetzt mit Hogan sprechen. Wollen Sie mitkommen?«

Harmas sprang auf.

»Halten Sie mich zurück, wenn Sie können«, sagte er.

Sailor Hogan lümmelte in seinem Sessel, ein höhnisches Grinsen verzog sein narbiges Gesicht.

»Hört mal, Jungens«, sagte er, »beeilt euch. Ich habe zu tun. Wo brennt's denn?«

»Wo waren Sie in der Nacht des 30. September?« fragte Jenson.

Hogan grinste breit.

»Was ist los? Was soll ich denn getan haben?«

»Was haben Sie getan, und wo waren Sie?«

»Ich weiß nicht«, sagte Hogan achselzuckend. »Das ist jetzt über zwei Wochen her, nicht wahr?«

»Denken Sie nach«, sagte Jenson, offiziell werdend. »Sie können Schwierigkeiten haben. Denken Sie gut nach.«

»Na, wenn es so ist«, antwortete Hogan, immer noch grinsend,

»vielleicht kann ich etwas für Sie tun.« Er zog ein kleines rotes Notizbuch aus seiner Tasche und blätterte es durch. »21. September?«

»Sie haben doch gehört, was ich gesagt habe!« schnauzte Jenson.

»Na schön, na schön... wie gut, daß ich Tagebuch führe, was?« Hogan sah Harmas an und blinzelte ihm zu. »Hab mal ein bißchen Ärger gehabt, deshalb führe ich immer Buch. Ist ganz nützlich, wenn die Polente zuviel herumschnüffelt.«

»Los, Hogan!« bellte Jenson. »Was haben Sie getan?«

»Ich war in Lambsville... hatte da für Joe Duncan zu tun... interessieren Sie sich für eine bestimmte Zeit?«

»Zwischen drei und vier Uhr morgens.«

»Na, um Himmels willen, da war ich im Bett! Wo sollte ich sonst sein?«

»Können Sie das beweisen?«

Hogan grinste zweideutig.

»Leichteste Sache der Welt, Leutnant. Ich schlafe selten allein. Ich habe Angst im Dunkeln. Eine Puppe hat auf mich aufgepaßt.« Sein Grinsen wurde lüstern. »Sie wird sich bestimmt an mich erinnern. Fragen Sie sie... Kit Litman. Sie arbeitet im Casino Club.«

»Was haben Sie am 30. September abends getan?«

Hogan blinkte wieder Harmas zu, dann blätterte er die Seiten um.

»Zeit?« fragte er.

»Zwischen neun und elf Uhr abends.«

»Das ist einfach«, sagte Hogan. »Ich habe Poker gespielt mit vier Freunden. Wir haben von acht bis Mitternacht in Sam's Bar gespielt. Sie können's nachprüfen, wenn Sie mir nicht glauben. Ich war mit Joe Gershwin, Ted Macklin, Frankie Stewart und Jack Hammond zusammen.« Er lümmelte sich wieder in seinen Sessel. »Die können's beschwören. Wir haben um acht Uhr angefangen und gegen zwei Uhr aufgehört. Ist das alles? Ich habe noch zu tun. Sie können mir nichts anhängen. Meine Weste ist sauber.«

Jenson fragte abrupt: »Kennen Sie Mrs. Barlowe?«

Hogan hatte auf diese Frage gewartet.

»Ich glaube kaum... habe ich etwas verpaßt?«

»Kennen Sie Philip Barlowe?«

»Den Burschen, der umgelegt worden ist? Nein... was soll das alles heißen?«

»Waren Sie jemals in Barlowes Haus?«

Hogans Lächeln verschwand. Jensons kalter, harter Blick gefiel ihm nicht.

»Ist das wahrscheinlich?«

»Wie kommt es dann, daß wir Ihre Fingerabdrücke in Barlowes Haus gefunden haben?« fragte Jenson und beugte sich vor.

Einen Augenblick lang starrte Hogan ihn offenen Mundes an, dann zwang er sich zu einem schuldbewußten Grinsen.

»Ihr Polypen! Ihr wart dort und habt Fingerabdrücke genommen?«

»Wir haben Ihre, Hogan«, sagte Jenson. »Also noch einmal von vorn: Kennen Sie Meg Barlowe?«

Hogan zuckte die Achseln.

»Ach, natürlich. Was macht das schon, wo Barlowe jetzt tot ist? Sie und ich waren viel zusammen, ehe sie Barlowe geheiratet hat. Wir haben uns wieder getroffen, und sie lud mich von Zeit zu Zeit nach Haus ein. Barlowe war nicht der richtige Mann für sie!« Hogan hatte seine Frechheit wiedergefunden, er blinzelte Harmas zu, als er fortfuhr: »Ich wollte nur die Ehre der Dame schützen. Aber da Sie es wissen, nun, so war es. Wollen Sie noch etwas wissen?«

»Da ist noch ein zweiter Satz Fingerabdrücke im Haus«, sagte Jenson. »Sie gehören einem Mann ... wissen Sie, wer das sein könnte?«

Hogan säuberte sich einen Zahn mit einem schmutzigen Fingernagel.

»Das überrascht mich«, sagte er. »Ich dachte, ich war der einzige. Ich weiß nicht ... warum fragen Sie sie nicht selbst?«

Jenson sah Harmas an und zuckte die Achseln. Mit dieser Geste gab er seine Niederlage zu.

»Wo ist Ihr Wagen?« fragte Jenson.

»Draußen ... der blaue Buick.«

Die beiden Männer verließen die Wohnung, als sie die Tür schlossen, lachte Hogan höhnisch auf.

Jenson brauchte nur wenige Minuten, um festzustellen, daß Hogans Wagen die Reifenabdrücke bei Jason's Glen nicht verursacht haben konnte. Er sah Harmas angeekelt an.

»So, das wär's«, sagte er. »Es gibt noch einen zweiten Freund. Hogan kann es nicht gewesen sein. Ich werde sein Alibi überprüfen, aber ich kenne ihn ... sein Alibi ist unerschütterlich.«

»Also suchen wir nach dem anderen Liebhaber«, sagte Harmas.

»Genau«, sagte Jenson. »Ich werde der Frau die Daumenschrauben anlegen.«

»Noch nicht«, sagte Harmas. »Ich habe eine Idee, die ich erst verfolgen will. Wenn wir uns mit ihr beschäftigen, dann möchte ich, daß wir so viel Beweise haben, daß sie zusammenbricht.«

Anson fuhr seinen Wagen zu der Tankstelle auf der Autostraße nach Brent.

Der Pächter der Station, Jack Hornby, kam heraus und schüttelte ihm die Hand.

»Jack«, sagte Anson. »Meine Reifen machen mir Sorgen. Ich mag sie nicht. Montieren Sie mir andere, ja?«

»Aber gern, Mr. Anson«, sagte Hornby. Er ging um Ansons Wagen herum. »Ich verstehe aber nicht, warum Sie sich über Ihre Reifen Sorgen machen. Die laufen noch gut 10 000 Kilometer.«

»Einem Freund von mir ist neulich ein Reifen dieser Sorte geplatzt.«

»Gut, ich kann Ihre alten Reifen in Zahlung nehmen, wenn Sie wollen.«

»Danke, aber ich nehme sie mit. Legen Sie sie in den Kofferraum. Ich warte. Wie lange wird es dauern?«

»Ungefähr eine Stunde«, sagte Hornby verwirrt. »Ich kann Ihnen einen Wagen leihen, Mr. Anson, und schicke . . .«

»Ich warte«, sagte Anson kurz.

Edwin Merryweather, Direktor der Pru Town National Bank, war ein kleiner, korpulenter und umständlich altmodischer Herr. Er trug einen sauberen, gutgebügelten blauen Anzug und eine gepunktete Fliege. Als Harmas ihm die Hand drückte, dachte er, daß er wie eine Figur aus einem Roman von Sinclair Lewis aussah.

»Ich habe gehört, daß Mr. Philip Barlowe Ihr Kunde war?« fragte Harmas, nachdem er sich vorgestellt hatte. »Wir erwarten, daß Anspruch auf Auszahlung der Lebensversicherung erhoben wird, die Mr. Barlowe wenige Tage vor seinem Tode abgeschlossen hat. Wir müssen einige Einzelheiten nachprüfen, bevor wir die Auszahlung vornehmen.«

Merryweather zog die Augenbrauen hoch.

»Ja?«

»Hat Mr. Barlowe Sie wegen der Police konsultiert?«

Merryweather sah seine wohlgepflegten Fingernägel an, ehe er sagte: »Zufällig hat er das getan.«

»Soviel ich weiß, wollte er die Versicherung als Sicherheit für einen Bankkredit benutzen. Stimmt das?«

»Das war seine Absicht.«

»Hat er Ihnen gesagt, wieviel er aufzunehmen gedachte?«

»3000 Dollar. Wir hätten ihm diesen Betrag gern vorgestreckt, wenn er seine Police bei uns hinterlegt hätte.«

Harmas wurde aufmerksam.

»Soviel ich weiß, brauchte Mr. Barlowe einen wesentlich höheren Betrag als 3000 Dollar.«

Merryweather sah ihn zurückhaltend an.

»Wir hätten keine höhere Summe leihen können auf eine Lebensversicherung über 5000 Dollar.«

»5000! Barlowe war über 50 000 versichert!«

Merryweather schrak auf.

»Aber sicher nicht! Irren Sie sich nicht?« Als er Harmas Blick sah, runzelte er die Stirn und richtete seine Fliege. »Nein, offensichtlich nicht. Mr. Barlowe hat mir gesagt, daß er dabei sei, eine Lebensversicherung über 5000 Dollar abzuschließen, und da Ihre Gesellschaft ihm einen Rabatt von fünf Prozent bei Barzahlung angeboten hatte, wollte er die erste Prämie in bar zahlen. Er hat praktisch alles Geld, das er auf dem Konto besaß, abgehoben, um die Prämie zu zahlen.«

Harmas fühlte, wie ein Prickeln der Erregung über seinen Rücken lief. Jetzt war er an dem entscheidenden Punkt angekommen.

Ruhig sagte er: »Ich verstehe nicht. Wir geben keinen Rabatt für Barzahlung ... wie kam er darauf?«

»Mr. Barlowe sagte mir, daß Ihr Vertreter ihm diese Information gegeben hat ... irgend jemand ... ich glaube, es war Mr. Anson, nicht wahr?«

»Er ist unser Vertreter«, sagte Harmas langsam. »Aber hier ist irgendwo ein Irrtum. Wieviel hat Barlowe von seinem Konto abgehoben?«

»150 Dollar.«

Harmas rieb sich den Nacken, das war etwa die Summe, die bei einer Lebensversicherung von 5000 Dollar notwendig war.

»Da stimmt irgend etwas nicht. Barlowe hat sich über 50 000 Dollar versichert, und er hat die erste Rate in bar bezahlt! 1000 und ein paar Dollar.«

»Ich kann mir nicht vorstellen, woher er den Betrag gehabt haben soll, Mr. Harmas. Sein Konto war oft überzogen.«

Harmas dachte eine Weile nach, dann stand er auf.

»Nun, vielen Dank für die Zeit, die Sie mir gewährt haben.«

Merryweather machte eine Bewegung mit seinen fetten Händen.

»Stets gern zu Diensten«, sagte er.

Als Harmas seinen Schlüssel im Empfang abholte, sagte Tom Nodley: »Eine Frau möchte mit Ihnen sprechen, Mr. Harmas. Sie wartet schon eine Weile in der Bar.«

Der wissende Gesichtsausdruck Nodleys veranlaßte Harmas, ihn scharf zu mustern.

»Wer ist sie?«

»Sie heißt Fay Lawley.« Nodley lehnte sich vor und senkte die Stimme. »Sie ist eins von den Mädchen.« Er blinkte. »Ich kann sie auch loswerden, Mr. Harmas, wenn Sie sie nicht sprechen wollen.«

»Ich bin für jeden zu sprechen«, sagte Harmas und ging zur Bar.

Er sah Fay in der Ecke sitzen und sich an einem Whisky festhalten und ging zu ihr.

Sie lächelte ihn an.

»Kommen Sie und setzen Sie sich. Ich versuche schon seit Tagen, mit Ihnen Kontakt aufzunehmen.«

»Tatsächlich?« Harmas winkte einem Kellner, dann setzte er sich ihr gegenüber. »Ich habe viel zu tun. Sie kennen mich, aber ich kenne Sie nicht.«

Der Kellner kam, und Harmas bestellte einen Scotch on the rocks.

»Ich bin Fay Lawley«, sagte sie. »Ich wohne hier.« Ihre grell bemalten Lippen verzogen sich zu einem harten kleinen Lächeln. »Sie arbeiten doch für die National Fidelity, nicht wahr?«

»Stimmt.«

»Nun, ich dachte, Sie würden sich über ein paar Informationen freuen.«

Der Kellner kam mit dem Drink für Harmas.

»Ich lebe von Informationen«, sagte Harmas, als der Kellner gegangen war. Er bot ihr eine Zigarette an und gab sich und ihr Feuer.

»Worum handelt es sich ... um einen Handel?«

Fay schüttelte den Kopf.

»Ich will nur jemand etwas heimzahlen. Behandelt man mich nett, dann bin ich reizend. Behandelt man mich aber schlecht, dann bin ich gemein. Ich würde alles tun für einen anständigen Mann, aber der Kerl, der mich herumschubst, dem schlitze ich den Hals auf.«

»Und das soll mich interessieren?« fragte Harmas und sah sie aufmerksam an.

»Ich weiß nicht ... Sie sind doch Versicherungsdetektiv, nicht wahr?«

»Stimmt.«

»Interessieren Sie sich dafür, was Ihre Vertreter tun?«

Harmas nahm einen Schluck.

»Doch, natürlich ... meinen Sie einen bestimmten Vertreter?«

»Einen kleinen Miesepeter ... Johnny Anson.«

Harmas setzte sein Glas ab. Sein Gesicht war ausdruckslos.

»Was ist los mit ihm?«

Fays Gesicht wurde plötzlich bösartig, ihre Augen funkelten. Sie beugte sich zu ihm und fing an zu erzählen.

12

Es war Harmas' Idee, und als er sie Jenson mitteilte, fand er die Zustimmung des Leutnants.

»Mrs. Barlowe kommt morgen nach Haus«, sagte Harmas. »Das ist unsere letzte Chance. Wir wollen hinfahren und das Haus einmal wirklich auseinandernehmen. Gut, Ihre Fingerabdruckleute waren da, aber jetzt wollen wir beide uns den Laden einmal ansehen.«

»Wonach suchen Sie eigentlich?« fragte Jenson, als sie in seinen Wagen stiegen.

»Nach den Pistolen. Sie können irgendwo im Haus versteckt sein. Sie beschäftigen mich.«

Als sie bald nach Mittag beim Haus ankamen, stiegen Harmas und Jenson aus und sahen sich den Garten an.

»Wissen Sie, Barlowe war ein Genie«, sagte Harmas. »Es ist doch merkwürdig, daß soviel Talent und künstlerische Fähigkeit Hand in Hand gehen kann mit Verdorbenheit.«

Jenson interessierte sich nicht dafür. Er murmelte etwas, dann gingen sie zur Haustür. Das Türschloß bot ihm keinen Widerstand. Die beiden Männer gingen in den Flur. Die Luft roch abgestanden und staubig, und sie rümpften die Nase.

»Wir wollen uns mal zuerst Barlowes Zimmer ansehen«, sagte Harmas und ging die Stufen hinauf.

Systematisch durchsuchten die beiden Männer das Zimmer. Es passierte, als Jenson angeekelt einen Packen Fotos ansah, die er entdeckt hatte. Harmas hatte das Bett von der Wand abgerückt und sah, daß eine Diele lose war.

Er nahm sein Taschenmesser, hob die Diele vorsichtig hoch und leuchtete mit der Taschenlampe in den Hohlraum.

»Da ist sie«, sagte er, »und was zum Teufel ist das?«

Jenson sah ihm über die Schulter. Auf dem Mörtel lag eine Pistole, Kaliber .38. Harmas zog eine weiße Badekappe und zwei Schaumgummipolster heraus. Jenson schob einen Bleistift in den Pistolenlauf und hob sie damit vorsichtig aus dem Versteck.

Harmas betrachtete die Badekappe interessiert.

»Der kahlköpfige Mann«, sagte er und blickte Jenson an. »Das paßt. Erst Pornographie ... jetzt das ... ich wette 100 Dollar, daß dies die Mordwaffe von Glyn Hill ist.«

Jenson rieb sich die Nase.

»So? Ich werfe nie Geld weg. Kommen Sie, da wir einmal hier sind, wollen wir uns auch noch den Rest der Höhle ansehen.«

Den ganzen Nachmittag über blieben sie in dem stickigen kleinen Haus, aber sie fanden die andere Waffe nicht. Jenson hatte das Polizeipräsidium angerufen und ein paar Wagen mit Technikern angefordert. Zwei Männer hatten die .38er zur Ballistik-Abteilung nach Brent mitgenommen. Als Jenson und Harmas nach Brent zurückkehrten, konnten ihnen die Fachleute schon mitteilen, daß die Pistole die Mordwaffe von Glyn Hill war.

Anson hatte ein Gefühl für Atmosphäre.

Als Harmas kurz nach sechs Uhr ins Büro kam, gerade als Anson nach Hause gehen wollte, spürte er sofort, daß Harmas ihm feindlich gesinnt war.

Abrupt kam Harmas auf den Grund seines Besuchs zu sprechen. Er schilderte seine Unterhaltung mit Merryweather, seine grauen Augen blickten prüfend und mißtrauisch.

Als Harmas fertig war, sagte Anson: »Ich begreife nicht, was er meint. Ich habe Barlowe niemals einen Rabatt von fünf Prozent angeboten. Warum sollte ich? Sind Sie sicher, daß Merryweather weiß, wovon er spricht?«

»Ich bin überhaupt nicht sicher«, sagte Harmas in einem Ton, der seine Worte Lügen strafte. »Barlowe sagte ihm, daß Sie gesagt hätten, wenn er die erste Prämie bar zahlt, gäben wir ihm fünf Prozent Rabatt. Überdies hat er 150 Dollar von seinem Konto abgehoben, um die erste Prämie zu zahlen ... Fast alles Geld, das er besaß.«

Anson nahm einen Bleistift und malte sinnlose Figuren auf sein Löschblatt.

»Die Prämie betrug 1222 Dollar«, sagte er, ohne Harmas anzusehen. »Hier liegt ein Irrtum vor.«

»Ursprünglich hat Barlowe nur über 5000 Dollar abschließen wollen«, sagte Harmas. »Merryweather ist sich dessen ganz sicher. Barlowe wollte nur 3000 Dollar borgen.«

Anson rutschte unruhig hin und her. Er verschaffte sich eine Pause, indem er eine Zigarette anzündete.

»Alles, was ich Ihnen sagen kann«, meinte er schließlich, »ist, daß Barlowe eine von Ihren vorgedruckten Anfragen ausgefüllt hat. Als ich ihn besuchte, erkundigte er sich nach einer Lebensversicherung über

50 000 Dollar ... Sie haben den Vertrag gesehen ... er hat ihn unterschrieben! Vielleicht hat er die Sache mit Merryweather besprochen, ehe er sich mit mir unterhalten hat. Als er nach Haus kam und darüber nachgedacht hat, muß er sich für eine höhere Summe entschieden haben.«

»Zehnmal soviel?« fragte Harmas ruhig. »Wo hat er das Geld für die Prämie hergenommen?«

»Er hatte das Geld ... er hat es mir gegeben«, sagte Anson.

»Könnte ich den Antrag mal sehen?« fragte Harmas. »Ich hätte gern mit Sicherheit bewiesen, daß Barlowe mit Merryweather gesprochen hat, bevor Sie zu ihm kamen.«

Anson setzte sich aufrecht. Die Asche seiner Zigarette fiel ihm in den Schoß.

»Den habe ich weggeworfen«, sagte er.

Jetzt zündete sich Harmas eine Zigarette an. Er starrte Anson prüfend an, der sich zwang, ihm gerade in die Augen zu sehen.

»Werfen Sie die Formulare immer fort?« fragte Harmas.

»Nur wenn ich eine Versicherung abgeschlossen habe. Da ich mit Barlowe abgeschlossen habe, hatte es keinen Sinn mehr, das Formular aufzuheben.«

Harmas überlegte, dann zuckte er die Achseln.

»Ja ... das sehe ich ein.« Er blies den Rauch langsam durch die Nase, dann lehnte er sich plötzlich vor und fragte: »Übrigens: Wo waren Sie am Abend des 30. September?«

Anson spürte die Angst wie einen Stich.

»Was heißt das?«

Harmas lächelte.

»Sie kennen doch Maddox. Er liebt Alibis. Er will wissen, wo jeder, der auch nur entfernt mit Barlowe zu tun hatte, sich am Abend seines Todes befand.« Harmas' Lächeln wurde breit. »Es würde mich nicht wundern, wenn er mich auch noch nach meinem Alibi fragt. Es hat nichts zu bedeuten, und wenn es Ihnen unangenehm ist, die Frage zu beantworten, dann lassen wir es.«

»Natürlich nicht.«

Anson öffnete eine Schublade und nahm seinen Terminkalender heraus.

»Ich habe lange gearbeitet, und zwar hier«, sagte er kalt. »Ich bin nicht vor elf von hier fortgegangen. Der Portier unten kann das bestätigen, falls Sie es nachprüfen wollen.«

»Schon gut«, sagte Harmas und winkte ab. »Ich prüfe nicht nach.« Er lehnte sich im Stuhl zurück. »Wissen Sie, ich habe über den Fall nachgedacht. Ich neige zu Ihrer Ansicht. Selbst wenn diese Frau nicht einwandfrei ist, so ist es doch vielleicht klüger, ihr die Versicherung auszuzahlen. Wie Sie sagen, in dieser Gegend können wir eine Menge Kunden verlieren, wenn wir ihren Anspruch bestreiten. Maddox kommt heute abend her. Ich werde versuchen, ihn zur Auszahlung zu überreden.«

Anson lehnte sich vor.

»Maddox kommt hierher?«

»Ja. Er will mit Jenson sprechen. Ich lasse Sie wissen, wenn ich ihn überzeugen kann, die Versicherung auszuzahlen. Sind Sie heute abend zu Haus?«

Anson nickte.

»Bis ungefähr neun Uhr. Aber ich kenne Maddox; er zahlt nicht.«

»Er könnte es tun. Der alte Burrows liebt keine schlechte Reklame. Die Zeitungen könnten über uns herfallen. Ich werde sehen, was ich tun kann.«

Harmas schob seinen Stuhl zurück. »Aber nun genug vom Geschäft. Wissen Sie, ob der Antiquitätenladen an der Ecke etwas taugt? Ich habe einen Briefbeschwerer gekauft, und sie haben geschworen, er wäre antik.« Er nahm aus seiner Tasche einen Plastikbeutel und ließ einen kunstvoll geschliffenen gläsernen Briefbeschwerer herausrutschen. Er schob ihn zu Anson hinüber. »Helen ist wild auf Antiquitäten, aber ich frage mich, ob er auch wirklich echt ist ... vielleicht ist er aus Japan, Jahrgang 1964!«

Ohne zu überlegen, nahm Anson den Briefbeschwerer und prüfte ihn, dann zuckte er die Achseln.

»Ich weiß nicht, er sieht jedenfalls nett aus. Wenn Sie ihr sagen, daß er hundert Jahre alt ist, ist sie sicher glücklich.«

Er gab den Beschwerer zurück, und Harmas ließ ihn vorsichtig in den Plastikbeutel gleiten.

»Ja, Sie haben recht.« Er stand auf. »Wenn ich Maddox zureden kann, zu zahlen, rufe ich an. Bis dahin also.«

Als Harmas gegangen war, zündete Anson sich eine Zigarette an und starrte nachdenklich auf die gegenüberliegende Wand.

Er saß noch am Schreibtisch und überdachte die Situation, überlegte, ob er irgendeinen entscheidenden Fehler gemacht hatte, als es etwa eine halbe Stunde später leise an der Tür klopfte.

»Herein«, rief er.

Die Tür öffnete sich, und Jud Jones, der Nachtwächter, kam herein. Überrascht sah Anson ihn an.

»Hallo, Jud«, sagte er. »Ich wollte gerade nach Haus gehen. Kann ich etwas für Sie tun?«

Jones schob sich näher und schloß die Tür hinter sich. Sein Gesicht trug einen hinterhältigen Ausdruck, den Anson noch nie gesehen hatte und der ihm nicht gefiel.

»Ich möchte mit Ihnen sprechen, Mr. Anson«, sagte er.

»Hat das nicht Zeit?« fragte Anson ein wenig ungeduldig. »Ich möchte nach Haus gehen.«

Jones schüttelte den Kopf.

»Ich glaube nicht, Mr. Anson. Es ist wichtig ... für Sie wie für mich.«

Anson ging zum Fenster und stellte sich so, daß er das schwächer werdende Licht im Rücken hatte.

»Schießen Sie los ... was gibt's?«

»Kennen Sie diesen Harmas?«

Ansons Hände ballten sich zu Fäusten.

»Ja ... was ist mit ihm?«

»Er hat mich nach Ihnen ausgefragt, Mr. Anson.«

Mit Mühe zwang sich Anson, ruhig zu bleiben. Harmas hatte also sein Alibi überprüft. Nun, das würde ihn nicht weiterbringen.

Mit möglichst natürlicher Stimme sagte Anson: »Ich weiß Bescheid. Es hängt mit dem Mordfall zusammen. Die Polizei geht jedem Alibi nach bei allen Leuten, die irgendwie mit Barlowe zu tun hatten. Da ich zufällig mit Barlowe eine Versicherung abgeschlossen habe, hänge ich damit zusammen. Eine reine Routinesache. Machen Sie sich keine Sorgen deswegen.«

»Sie waren nicht in Ihrem Büro in dieser Nacht, Mr. Anson.«

»Wie kommen Sie darauf?« fragte Anson mit heiserer Stimme.

Jones ließ den Zigarettenstummel auf die Erde fallen und trat ihn aus.

»Ich hatte keine Zigaretten mehr«, sagte er. »Ich dachte, ich könnte mir ein paar von Ihnen borgen. Ich habe an die Tür geklopft. Niemand antwortete, aber die Schreibmaschine tippte weiter. Ich klopfte noch einmal, dann dachte ich, daß irgend etwas nicht stimmte. Ich habe die Tür mit meinem Hauptschlüssel aufgemacht. Sie waren nicht da, Mr. Anson. Ein Tonbandgerät spielte das Geräusch einer Schreibmaschine, es hörte sich ganz realistisch an ... mich hat es jedenfalls regelrecht getäuscht.«

Anson spürte, wie kalter Schweiß von seinen Achselhöhlen die Rippen entlang rann.

Verloren! dachte er. Was soll ich nur tun?

»Sie haben recht, Jud«, sagte er. »Ich war nicht in meinem Büro, aber es hatte nichts mit dem Mord zu tun ... überhaupt nichts.«

Jones hatte Anson genau beobachtet und grinste höhnisch. Anson roch, daß der fette Mann vor Aufregung und Furcht schwitzte.

»Aber natürlich, Mr. Anson ... der Gedanke wäre mir nie gekommen, daß Sie damit zu tun haben könnten. Ich dachte nur, ich erzähle es Ihnen lieber, für den Fall, daß mich die Polizei fragt. Ich muß dann die Wahrheit sagen.« Er legte den Kopf auf die Seite und fuhr fort: »Das würde doch nicht schaden, nicht wahr, Mr. Anson?«

Anson sagte langsam: »Nun, Jud, vielleicht doch.«

Jones brachte es fertig, traurig auszusehen.

»Das täte mir sehr leid. Sie waren immer so nett zu mir. Inwiefern würde es Ihnen schaden?«

»Ich könnte meine Stellung verlieren«, sagte Anson. »Ich habe mir dieses Alibi besorgt, weil ich ein Verhältnis mit einer verheirateten Frau habe, und ihr Mann ist hinter mir her. Ich wollte beweisen, daß ich hier war statt bei ihr.« Selbst für seine Ohren klang das ziemlich dünn, aber er hatte keine Zeit, sich etwas Besseres einfallen zu lassen.

»Tatsächlich?« sagte Jud verständnisinnig. »Sie haben immer Glück bei den Frauen.« Er kratzte sich im Nacken. »Na, vielleicht kann ich das Ganze vergessen, wenn das alles ist. Vielleicht kann ich es ... ich muß darüber nachdenken.«

Anson roch Erpressung und sagte schnell ... zu schnell: »Wenn 100 Dollar Ihnen nützen können, Jud ... schließlich handelt es sich, wenn ich auch nichts damit zu tun habe, um eine Morduntersuchung. Wie wäre es mit 100 Dollar, wenn Sie mich heraushalten?«

Jones lümmelte seinen massiven Körper an die Wand.

»Tja, ich weiß nicht, Mr. Anson. Ich habe Sorgen. Um die Wahrheit zu sagen, meiner Frau geht es nicht gut. Der Arzt sagt, sie soll fort von hier. Das Klima hier bekommt ihr nicht. Umziehen ist eine teure Sache. Können Sie nicht 1000 rausrücken? Dafür würde ich alles vergessen, und Sie würden uns einen Gefallen tun.«

»1000 Dollar!« rief Anson. »Um Himmels willen, Jud! Wo, denken Sie, soll ich soviel Geld finden? 200 ist das Äußerste, was ich tun kann.«

Jones schüttelte den Kopf. Er sah sorgenvoll drein. »Ich würde Ihnen gern helfen, Mr. Anson, aber nehmen wir mal an, die Polizei merkt, daß ich gelogen habe? Was geschieht dann mit meiner Frau? Die können mich für ein paar Jahre einsperren. 200 Dollar nützen mir nichts.«

Anson starrte den fetten, schwitzenden Erpresser lange an, dann sagte er: »Lassen Sie mir ein bißchen Zeit; zwei oder drei Tage. Vielleicht kann ich 500 auftreiben, aber das wäre das Äußerste. Wie wäre es damit?«

»Es tut mir leid, einen so netten Mann wie Sie zu drängen, Mr. Anson«, sagte Jones. Anson merkte sofort, daß seine Augen härter blickten. »Entweder 1000 oder nichts. Sie haben ein paar Tage Zeit, um sich zu entscheiden.«

Anson sah, wie der umfangreiche Körper sich von der Wand abstieß und zur Tür bewegte. Als Jones die Tür öffnete, blieb er stehen und sah Anson an.

»Meine Frau weiß Bescheid«, sagte er. »Ich verschweige ihr nie etwas, aber sie kann ihren Mund ebenso gut halten wie ich. Gute Nacht, Mr. Anson.«

Er trat auf den Flur und zog die Tür hinter sich zu.

Auf dem Wege zu seiner Wohnung hielt Anson bei der Tankstelle an. Hornby schüttelte ihm die Hand und fragte, wie ihm die neuen Reifen gefielen.

»Sie sind gut«, sagte Anson. »Ich wollte mein Konto bei Ihnen ausgleichen.«

»Danke, Mr. Anson. Kommen Sie mit ins Büro, ich schreibe Ihnen eine Quittung.«

Während Hornby die Quittung schrieb, sagte er beiläufig: »Die Polizei hat mich nach Ihren alten Reifen gefragt, Mr. Anson.«

Anson sah sich gerade eine Tabelle über Reifendruck an, die an der Wand hing. Den Rücken hatte er Hornby zugewendet. Die Worte trafen ihn wie ein Schlag.

Ohne sich umzudrehen, fragte er: »Die Polizei? Warum?«

»Hat was mit dem Barlowe-Mord zu tun«, sagte Hornby. »Es sieht so aus, als ob der Mörder seinen Reifenabdruck an der Mordstelle hinterlassen hat. Die Polizei überprüft jeden, der in letzter Zeit seine Reifen gewechselt hat. Ich sagte ihnen, daß Sie Ihre Reifen wechseln ließen und die alten Reifen mitgenommen haben.«

Nachdem der erste Schock vorbei war, wandte Anson sich um.

»Das ist in Ordnung«, sagte er. »Ich werde mit Leutnant Jenson sprechen. Er ist ein guter Bekannter von mir ... ich möchte nicht, daß er denkt, ich hätte etwas mit dem Mord zu tun.« Er zwang sich zu einem Lachen.

»Ich dachte nur, ich erzähle es Ihnen lieber«, sagte Hornby und gab Anson die Quittung.

»Natürlich ... ich spreche mit dem Leutnant.«

Als Anson von der Tankstelle wegfuhr, kam er sich vor wie in einer Falle. Wie viele Fehler würde er noch begehen? Er war so versessen auf das Geld gewesen, daß er die Sache überstürzt hatte. Es war verrückt gewesen, Barlowes Pistole zu benutzen. Es war noch verrückter, so unvorsichtig zu sein und eine ihm bekannte Werkstatt die Reifen wechseln zu lassen. Dann war da noch Harmas, der nach dem Antragsformular fragte und noch schlimmer: er hatte für die Nacht, in der Barlowe gestorben war, kein Alibi!

Maddox wedelte sich Zigarettenasche von seiner Krawatte.

»Ich habe Anson nie gemocht«, sagte er. »Er war immer ein wenig sonderbar. Er sieht ewig gierig nach Frauen aus, und ich mag so etwas nicht.«

Leutnant Jenson saß hinter seinem Schreibtisch. Rittlings auf einem Stuhl hockte Harmas und sah Maddox an. Sie hatten eine Stunde lang jede Einzelheit besprochen, die Jenson und Harmas über die Verbindung Ansons mit dem Barlowe-Mord zusammengetragen hatten.

»Gehen wir es noch einmal durch«, sagte Maddox, ließ den Zigarettenstummel auf die Erde fallen und zündete sich eine frische Zigarette an. »Wir wissen, daß Anson in dem Schlafzimmer der Frau war. Wir wissen auch, daß er Barlowes Pistolenkasten in der Hand gehabt hat. Sie haben seine Fingerabdrücke im Schlafzimmer und auf dem Waffenkasten gefunden. Wir wissen das, weil Sie seine Fingerabdrücke auf dem gläsernen Papierbeschwerer genommen haben.« Er sah Harmas anerkennend an. »Das war geschickt.« Er sog den Rauch ein und blies ihn durch die fleischige Nase wieder aus. »Wir wissen von dieser Frau Fay Lawley, daß Anson Geld bei Pferderennen verloren hat und daß er ein Frauenjäger ist. Wir wissen, daß er weit über seine Verhältnisse gelebt hat. Wir wissen auch, daß er am Morgen nach dem Überfall auf die Tankstelle plötzlich 1000 Dollar auf sein Bankkonto einzahlte. Wir wissen, daß die Pistole, die den Polizisten bei dem Überfall getötet hat, Barlowe gehörte. Wir wissen auch, daß dieselbe Pistole Barlowe getötet hat. Wir können annehmen, daß die Frau Anson die Waffe gegeben hat. Er hatte nicht das Geld, um die erste Prämie zu zahlen, es sieht also so aus, daß er gezwungen war, den Überfall auf die Tankstelle in Szene zu setzen, um sich das Geld zu beschaffen und seine Schulden beim Buchmacher zu bezahlen. Wir wissen, daß er seine Reifen gewechselt hat, nachdem er von Ihnen ...« – hier sah Maddox stirnrunzelnd zu Harmas hinüber – »...alarmiert worden ist, als Sie ihm sagten, daß man an der Mordstelle Reifenspuren gefunden hat. Wir wissen schließlich, daß er ein eisenhartes Alibi hat.« Maddox lehnte sich zurück. »Was ist ein eisenhartes Alibi? Wer ist der Nachtwächter, der uns erzählt, daß Anson an dem Abend, an dem Barlowe starb, bis elf Uhr gearbeitet hat?«

»Er würde sich beim Kreuzverhör keine drei Minuten behaupten«, sagte Jenson. »Er hat vor zehn Jahren eine Zuchthausstrafe von fünf Jahren wegen Erpressung abgesessen. Er würde seine Mutter unter die Erde lügen, wenn er damit einen Dollar verdienen kann.«

Maddox fuhr sich mit den Fingern durch das Haar, sein rotes Gesicht trug einen nachdenklichen Ausdruck.

»Es sieht also so aus, als ob Anson es war.« Er wandte sich zu Harmas. »Was meinen Sie? Können wir ihn festnageln?«

»Ich glaube es nicht«, sagte Harmas. »Wir haben keinen einzigen Beweis, den ein geschickter Verteidiger nicht in Stücke zerpflücken könnte. Ich bin Ihrer Meinung ... Ich glaube, er ist unser Mann, aber es ihm nachzuweisen, ist etwas völlig anderes.«

»Nun, das ist Ihre Sache«, sagte Maddox und sah Harmas wütend an. »Was tun wir also?«

Harmas lächelte träge.

»Ich meine, wir sollten zahlen. Geben Sie Mrs. Barlowe 50 000 Dollar.«

Maddox' Gesicht lief purpurrot an.

»Zahlen! Soll das ein Witz sein? Von mir kriegt sie nicht einen Pfennig!«

Harmas sah auf seine Uhr. Es war zwanzig Minuten vor neun, und er hatte Hunger.

»Ich habe Anson gesagt, daß ich Sie überreden werde, den Anspruch anzuerkennen. Damit das glaubwürdig erscheint, schlage ich vor, daß wir ihren Anwalt anrufen und ihm dasselbe sagen. Sobald sie wissen, daß das Geld gezahlt wird, dann wird einiges passieren.«

Maddox beruhigte sich sichtlich.

»Weiter ... fahren Sie fort.«

»Die Frau ist eine ehemalige Prostituierte, es gibt nichts Gierigeres als sie«, sagte Harmas. »Sie wird sich von ihrer Beute nicht trennen wollen. Sie und Anson zanken sich möglicherweise. Morgen kommt sie aus dem Krankenhaus. Ich dachte, es wäre vielleicht gut, wenn wir ihr Telefon anzapfen und ein paar Mikrophone verstecken, die wir an ein Tonbandgerät hinter dem Haus anschließen. Ich wette, daß Anson dort hinfährt, sobald er weiß, daß das Geld gezahlt wird. Wir können dann vielleicht eine interessante Unterhaltung auf Band aufnehmen.«

Maddox rieb sich den Nacken und sah Jenson an.

»Der Junge ist schlau«, sagte er. »Ich würde nicht sagen, daß ich ohne ihn nicht auskommen kann, aber er erleichtert mir das Leben etwas.« Zu Harmas gewandt sagte er: »Fangen Sie an ... rufen Sie den Anwalt und Anson an.«

Meg Barlowe stocherte in der Glut, bis sie hell aufflammte.

Der große verstaubte Raum gab ihr das Gefühl der Sicherheit. Die Anwesenheit von Hogan, der sich auf der Couch ausgestreckt hatte, beruhigte sie, obwohl er schlechter Laune zu sein schien.

Es war kurz nach 23 Uhr. Meg war am Nachmittag aus dem Krankenhaus gekommen. Sobald sie zu Haus war, hatte sie versucht, Hogan zu erreichen, aber es dauerte ein paar Stunden, bevor er sich am Telefon meldete.

Sie hatte ihn gebeten, sofort zu ihr zu kommen, aber Hogan war beschäftigt. Er sagte, daß er gegen 21 Uhr kommen werde, aber er war erst eine Stunde später eingetroffen.

Sobald er sich gesetzt und einen Drink genehmigt hatte, wollte er wissen, wann Meg das Geld bekommen werde.

»Ich weiß nicht«, sagte sie hilflos. »Dieser Jameson soll ganz tüchtig sein. Er hat den Anspruch angemeldet, aber ich habe noch nicht von ihm gehört.«

»Morgen kümmerst du dich darum«, befahl Hogan ärgerlich. »Geh ihm nicht von der Pelle! Ich kenne diese Rechtsanwälte, wenn man ihnen nicht ständig im Nacken sitzt, tun sie nichts.«

Meg nickte.

»Ich werde zu ihm gehen. Was machen wir mit Anson?«

Hogan zog ein Gesicht.

»Nichts ... du verabschiedest ihn. Was kann er tun? Sobald wir das Geld haben, gibst du es mir. Ihn setzt du an die Luft. Verstanden?«

Meg starrte ihn an.

»Ich gebe dir das Geld, Jerry, aber du mußt dich selbst um Anson kümmern. Er hat immer noch Phils Pistole.«

Hogan setzte sich halb auf, seine Augen blickten sie wachsam an.

»Wovon sprichst du?«

»Ich habe dich schon vor Anson gewarnt«, sagte Meg. »Er hat etwas an sich, das mir Angst einjagt. Er ist kaltblütig. Du hast gut reden, ich soll ihn verabschieden. Und ich? Er ist zu allem fähig, er bringt mich vielleicht um!«

»So? Er kann gar nichts tun!« schimpfte Hogan. »Siehst du nicht, du Dummkopf, daß er sich selbst in die Gaskammer bringt, wenn er etwas unternimmt? Wir haben ihn in der Falle. Du bekommst das Geld, sagst ihm, er soll sich zum Teufel scheren, und gibst mir das Geld ... es ist alles ganz einfach.«

»Ich wünschte, es wäre so«, sagte Meg und verkrampfte die Hände. »Du kennst ihn nicht so wie ich. Er ist absolut rücksichtslos. Er ist wild auf das Geld.«

Hogan nahm die Beine von der Couch und setzte sich. Seine dicken Finger schlossen sich um seinen Gürtelverschluß. Mit einer schnellen Bewegung löste er den Verschluß und schwang den dünnen Ledergürtel in der Hand.

»Gut, Baby«, sagte er und stand auf, »es ist Zeit, daß du eine Tracht Prügel kriegst. Du wirst mir zu übermütig. Eine Tracht ...«

Er brach ab. Es hatte geklingelt. Sie sahen einander an.

»Wer ist das?« fragte Hogan. Der Gürtel schwang lose in seiner Hand, seine Augen blickten unruhig.

»Sieh doch nach«, sagte Meg. »Aber vielleicht möchtest du mich erst schlagen?«

Es klingelte noch einmal, laut und anhaltend.

Anson stieg aus dem Wagen, öffnete das Doppeltor und fuhr den Wagen die Einfahrt hinein.

Die Scheinwerfer erleuchteten den Garten. Bevor er sie ausdrehte, sah er, daß der Garten schon sein sauberes, gepflegtes Aussehen verloren hatte.

Es war jetzt halb elf Uhr. Im Wohnzimmer brannte Licht. Er blieb einen Moment stehen, seine Hand faßte in die Jackentasche. Er fühlte den kalten Lauf von Barlowes Pistole, dann ging er zur Haustür und klingelte.

Es rührte sich nichts. Er wartete, während kalte Wut in ihm aufstieg, dann legte er den Finger noch einmal auf die Klingel und ließ ihn dort.

Nach kurzem Warten wurde die Haustür plötzlich aufgerissen. Das Mondlicht fiel auf Meg.

Anson dachte an ihr erstes Zusammentreffen. Sie hatte damals an der gleichen Stelle gestanden wie jetzt, aber nun war alles anders. Die blauen Flecken an ihrem Kinn und das leicht verschwollene Auge nahmen ihr viel von ihrer Schönheit.

Als sie Anson sah, zog sie ängstlich die Luft ein.

»Was willst du?« fragte sie. »Ich will dich nicht sehen ... geh weg.«

»Hallo, Meg«, sagte Anson mit einem täuschend sanften Lächeln. »Ich muß dich sprechen.«

»Du kommst nicht herein!« Meg machte Anstalten, die Tür zuzuschlagen. »Ich habe nichts mit dir zu besprechen!«

Anson trat schnell vor. Er legte die Hand auf ihre Schulter und stieß sie zurück, so daß sie taumelte. Er trat in den Flur, schloß die Haustür, dann ging er an ihr vorbei in das Wohnzimmer.

Im Kamin brannte ein anheimelndes Feuer. Anson bemerkte sofort die beiden halbleeren Whiskygläser auf dem Tisch. Sie hatte also Besuch, dachte er, und seine Hand schob sich in die Tasche, wo sie die Pistole berührte.

Als Meg ihm in das Zimmer folgte, wobei sie die Flurtür offen ließ, trieb der Wind einen Regenschauer gegen die Fenster.

Anson ging zum Kamin. Er sah sich im Zimmer um. Das Feuer, die Couch und die beiden Whiskygläser erinnerten ihn an die aufregenden Augenblicke ihrer ersten Bekanntschaft. Wie lange war das her!

»Was willst du?« fragte Meg.

Anson sah sie aufmerksam an. Sein Blick wanderte über ihren Körper. Da trifft man nun eine Frau, dachte er, und man denkt, daß es keine andere auf der Welt gibt als sie. Dann passiert irgend etwas, und alles ist aus. Sie bedeutet mir jetzt weniger als der gebrauchte Teller nach einem guten Essen, und wie wenig ist das!

»Du mußtest mich also belügen«, sagte er. »Wenn du mir gesagt hättest, daß du eine Hure warst und eine Diebin und daß du im Gefängnis warst, dann hätte ich das Ding nicht gedreht, aber du mußtest dir Illusionen machen und mich anlügen. Du hattest nicht den Mut, mir die Wahrheit zu sagen. Du tust mir leid. Für mich bist du nichts als ein bißchen Dreck am Schuh, den ich abstreife.«

Meg zog die Schultern zusammen. Ihr Gesicht war hart, ihre Augen gleichgültig. Anson wußte, daß er nicht die Macht hatte, sie zu verletzten. Ihre Vergangenheit hatte sie gegen Verachtung gewappnet.

»Denkst du, mich interessiert, was du von mir sagst?« fragte sie. »Mach, daß du rauskommst!«

»Noch nicht ... ich habe Neuigkeiten für dich, Meg. Trotz deiner Vorstrafe, trotz deiner Lügen bekommst du das Geld. Du kriegst es morgen.«

Meg zuckte zusammen und starrte ihn an. Das Blut strömte ihr ins Gesicht, dann wurde sie blaß vor Aufregung.

»Ist das wahr?« fragte sie heiser. »Glaubst du wirklich, daß sie zahlen werden?«

Anson winkte zum Telefon hinüber.

»Ruf Jameson an. Sie haben ihn auch unterrichtet. Ich habe ihn angerufen, ehe ich hierherkam. Er sagte, daß er morgen selbst zu dir kommt, sobald er den Scheck hat.«

Meg atmete langsam tief ein. Anson beobachtete sie, sein Gesicht trug einen amüsierten, zynischen Ausdruck.

»Wir haben ein Abkommen geschlossen, erinnerst du dich?« sagte er. »Ich sollte die Versicherung mit deinem Mann abschließen und ihn umbringen, und du solltest das Geld mit mir teilen. Wir wollten zusammen fortgehen und uns großartig amüsieren, bis wir die 50 000 Dollar ausgegeben haben.« Er lächelte schief. »Ich habe meine Pläne aber geändert. Ich kenne zu viele Huren, um auch nur einer zu trauen, und das schließt dich ein. Wir teilen das Geld also, ich bekomme die Hälfte. Morgen bekommst du einen Scheck über 50 000 Dollar. Ich verlange von dir sofort einen Scheck über 25 000 Dollar, dann trennen wir uns, und ich hoffe, daß ich dich nie wieder sehe.«

Meg spürte, daß Hogan hinter der Tür stand und alles hörte, was gesprochen wurde. Seine Gegenwart gab ihr den Mut, zu sagen: »Du bekommst nichts! Du kannst mich nicht zwingen, dir irgend etwas zu geben ... geh!«

»Sei nicht dumm, Meg«, sagte Anson hart. »Ich kann dich zwingen, mir meinen Anteil zu geben ... täusch dich nicht. Du tust, was ich dir sage, oder ...«

Eine leise Bewegung an der Tür ließ ihn herumfahren. Sein Herz setzte aus, als er Sailor Hogan sah, der ihn höhnisch angrinste.

»Hallo, Freundchen ... du kannst mir drohen, nicht ihr. Ich bin mehr deine Größenordnung.«

Als er ins Zimmer trat, zog Meg sich zurück.

Die Überraschung war vollkommen. Anson sah verständnislos von Hogan zu Meg, dann wieder zu Hogan. Dann begriff er, warum Hogan hier war. Plötzlich erkannte er das ganze Komplott, in das er hineingeraten war.

»Also so ist das. Du und sie. Du bist also der Freund, von dem die Polizei glaubt, daß er Barlowe umgebracht hat«, sagte er leise. »Du bist der Zuhälter aus Los Angeles, von dem sie gesprochen haben.«

Hogan grinste breit.

»Reg dich nicht auf, Freundchen«, sagte er und lehnte sich mit den breiten Schultern des Boxers an die Wand. »Irgendwann fällt jeder mal herein. Die Polente hat gedacht, ich hätte ihn umgelegt, aber ich habe sie überzeugt, daß ich es nicht war. Ich hatte ein Alibi. Ich hoffe, du hast auch eins, denn die schnüffeln gehörig herum.«

»Ich bekomme die Hälfte des Geldes«, sagte Anson. Er war blaß geworden, seine Augen glitzerten. »Du und deine Hure, ihr könnt die andere Hälfte haben, aber ich habe das Ding gedreht. Ich habe alle Risiken auf mich genommen ... ich kriege also die Hälfte.«

Hogan lachte und schlug sich auf die Schenkel.

»Du kriegst keinen Pfennig, Trottel. Du hast ihn umgebracht. Als Meg die Idee hatte, wußte ich, daß wir einen brauchbaren Mann in der Versicherungsbranche finden mußten, deshalb verfiel ich auf dich. Ich verfiel auf dich, weil ich wußte, daß du in der Klemme warst und dringend Geld brauchtest. Ich nahm dich in Sonderbehandlung, und Junge, was hat dich der Schlag in den Magen weich gemacht! So einfach war das. Sie brauchte jetzt nur noch einen Brief an dich zu schreiben, daß sie ihren Schmuck versichern wollte, und dann konnte sie das Feuer schüren.« Er sah Meg an und grinste. »Davon versteht sie etwas, wie man einen Kerl zum Narren hält. Du hast uns also die Kastanien aus dem Feuer geholt, aber mach dir nichts vor .. du kriegst nicht einen Pfennig. Du kannst gar nichts machen. Wenn du anfängst zu plappern, plapperst du dich selbst in die Gaskammer. Kapiert?« Hogan blinkte. Er zeigte mit seinem dicken Daumen zur Tür. »Und nun hau ab. Meine Freundin und ich, wir wollen allein sein.«

Anson blieb vor dem Feuer stehen. Seine Augen waren wach, sein Mund zu einer dünnen Linie verkniffen.

»Willst du mir sagen, daß es deine Idee war, mich zu verlocken, Barlowe zu versichern und dann zu ermorden?« fragte er.

Hogan lachte.

»Nein ... das hat sie sich ausgedacht. Du wirst staunen, wie clever dieses kleine Biest ist. Ich habe nachgeholfen, aber sie hat die Idee gehabt.«

Meg, die bisher nur zugehört hatte, sagte scharf: »Du sprichst zu viel, Jerry, halt den Mund!«

»Soll er doch wissen, wie es war«, sagte Hogan, der sich sichtlich amüsierte. »Schließlich hat er uns 50 000 Dollar eingebracht. Er hat ein Recht, alles zu wissen. Nun, das wär's, Kleiner ... du kannst gehen. Wenn wir uns mal wieder treffen, schenke ich dir eine Zigarre.«

Anson rührte sich nicht. Er fragte: »Wie ist die Polizei auf dich verfallen, Hogan? Wie kamen sie darauf, daß du Barlowe umgebracht haben könntest?«

»Weil sie klug genug waren, hierherzukommen und Fingerabdrücke im Schlafzimmer zu suchen«, sagte Hogan. »Meine Fingerabdrücke haben sie gefunden, vielleicht auch deine, aber ich habe ein sicheres Alibi, und ich wette, daß du nicht so dumm warst, um dir nicht auch ein sicheres Alibi zu besorgen.«

Anson starrte Hogan an, Kälte kroch ihm über den Rücken. »Sie haben im Schlafzimmer Fingerabdrücke genommen?«

Er dachte an Jud Jones und sein höhnisches Erpresserlächeln.

»Aber sicher«, sagte Hogan. »Ich dachte, ich werde verrückt, als Jenson mir das sagte.«

Anson wußte plötzlich, daß er besiegt war. Er dachte an die merkwürdige Situation, als Harmas ihm den Briefbeschwerer gegeben hatte. Es hatte ihn irgendwie beunruhigt, daß Harmas so plötzlich seine Fragen aufgegeben und ihm den Briefbeschwerer gezeigt hatte. Sein Herz schlug schneller. Er war auf einen der ältesten Polizeitricks der Welt hereingefallen. Jetzt hatten sie seine Fingerabdrücke. Mittlerweile mußten sie eine ganze Menge seiner Abdrücke in dem schmutzigen Schlafzimmer gefunden haben, die er in den Nächten bei Meg hinterlassen hatte. Mittlerweile wußten sie, daß er Megs Geliebter war; diese Tatsache plus Merryweathers Aussage plus seinen Reifenwechsel konnte ihn überführen ... jedenfalls waren es für Maddox genug Fakten, um gegen ihn vorzugehen.

Maddox!

Anson stand lange still, seine Gedanken rasten, sein Gesicht wurde heiß und rot.

Harmas hatte gesagt, daß Maddox bereit war, zu zahlen. Was hatte er also getan? Er war hierhergeeilt, um sich seinen Anteil zu sichern! Maddox wußte, daß er genau das tun würde. Was für ein Narr war er doch! Er war in die Falle gegangen! Langsam blickte er sich im Zimmer um. Er kannte Maddox' Methoden. Er hob die Hand in einer Geste der Verzweiflung.

Verwirrt sahen Hogan und Meg ihm zu, sie begriffen den plötzlichen Wandel nicht, der mit ihm vorgegangen war.

»Hör mal, Freundchen ...« begann Hogan, dann brach er ab, als Anson ihm bedeutete zu schweigen.

Die beiden beobachteten, wie er durch das Zimmer ging. Er schob das Büfett beiseite und schaute dahinter. Er durchsuchte den Raum langsam und systematisch. Seine Blässe und der verzweifelte Gesichtsausdruck bewirkten, daß Hogan und Meg sich nicht rührten. Schließlich entdeckte Anson das Mikrophon. Es war hinter der Heizung versteckt. Sein Draht führte zum Fenster hinaus in den dunklen Garten.

Anson starrte das Mikrophon an, er war wütend, daß er auf einen solchen Trick hereingefallen war.

Und ich war verrückt genug, zu glauben, daß ich diesen Teufel Maddox überlisten könnte! dachte er. Wir drei haben uns jetzt in die Gaskammer geredet.

»Was zum Teufel ist los?« fragte Hogan, den Ansons Wesen unruhig machte. »Was ist passiert?«

Wieder bedeutete Anson ihm, ruhig zu sein, dann winkte er ihn heran. Vorsichtig näherte sich Hogan ihm, und Anson zeigte auf das Mikrophon. Er legte die Hand auf Hogans Arm, damit dieser ruhig blieb.

Hogan blickte das Mikrophon an, als sei es eine giftige Schlange. Der Schweiß stand ihm auf der narbigen Stirn. Meg kam heran. Als sie das Mikrophon sah, unterdrückte sie einen Schrei.

Hogan drehte sich heftig zu ihr herum und schlug sie mitten ins Gesicht, daß sie taumelte.

»Da hast du's, du superschlaues Biest!« brüllte er sie an. »Sieh dir das an! Und du dachtest, es hätte alles geklappt!«

»Hör auf«, sagte Anson. Er ging müde zum Kamin und hielt seine Hände über die Flammen. Ihm war kalt, er fühlte sich krank. »Nein, es hat nicht geklappt«, fuhr er fort und sah in das Feuer. »Nun, schließlich war es keine schlechte Idee gewesen. Wenn diese dumme Frau mir nur die Wahrheit gesagt hätte ... wenn sie zugegeben hätte, daß sie vorbestraft ist, dann hätte ich die Sache fallengelassen. Sobald Maddox wußte, was sie war, stellte er die Falle auf, und wir sind hineinmarschiert. Er hatte niemals die Absicht, zu zahlen. Das war sein Trick, um mich hierherzubringen, damit wir alles erzählten. Die haben alles auf Band! Wir haben uns um den Kopf geredet!«

»Ich nicht!« brüllte Hogan und wischte sich den Schweiß vom Gesicht. »Ich habe ein Alibi! Mir können sie nichts tun! Zum Teufel mit euch beiden! Ich bin fein raus!«

Meg wandte sich zu ihm; ihr Gesicht war blaß und ängstlich.

»Jerry! Ich habe es für dich getan! Du solltest das Geld haben! Du warst einverstanden! Du kannst mich jetzt nicht verlassen. Ich liebe dich! Wir müssen das gemeinsam durchstehen!«

Hogans Gesicht war jetzt eine weiße Maske der Angst.

»Lieben? Dich? Glaubst du, ich hätte jemals etwas mit dir gehabt, du billige Hure, wenn ich nicht Geld von dir bekommen hätte? Ich wollte das Geld nehmen, dann hätte ich dir den Laufpaß gegeben! Ich kann alle Frauen kriegen, die ich haben will, und brauche keine heruntergekommene Straßendirne wie dich. Du und dein Trottel, ihr könnt zur Hölle fahren!«

»Redet ruhig weiter«, sagte Anson kalt. »Es wird alles aufgenommen. Redet nur weiter.«

Weder Hogan noch Meg hörten ihm zu. Meg lief zu Hogan und klammerte sich an ihn. Er schüttelte sie ab.

»Laß die Finger von mir!« keifte Hogan und ging zur Tür.

Ansons Hand faßte nach dem Kolben der Pistole. Er zog sie aus der Tasche und hielt sie Meg hin.

»Töte ihn«, sagte er. »Er ist es nicht wert, zu leben.«

Hogan fuhr herum, als Meg die Pistole ergriff und auf ihn richtete. Sein Gesicht war verzerrt vor Angst, als er auf die Pistole in Megs Hand stierte.

»Nein! Tu es nicht!« schrie er schrill. »Meg!«

»Dein feiger Freund«, sagte Anson leise und nahm Meg die Pistole aus der zitternden Hand. Der Anblick von Hogans angstverzerrtem Gesicht entschädigte ihn etwas für den Augenblick in der Garage, als Hogan ihn zusammengeschlagen hatte.

Hogan wich zurück, Schweiß rann ihm übers Gesicht, sein Atem kam und ging in Stößen. Als er sich unsicher zum Flur bewegte, klingelte es.

Ruhig sagte Anson: »Da sind sie, Jenson, Harmas und die andern.«

Hogan kam in das Wohnzimmer zurück. Er sah sich wild um.

»Laß sie herein«, sagte Anson lächelnd. Er war jetzt sehr ruhig und gefaßt. »Dann versuche, dich herauszureden. Du schaffst es nicht! Sie auch nicht! Ihr habt beide genug gesagt, um in die Gaskammer zu kommen ... los, los ... laßt sie herein!«

Während es wieder an der Haustür klingelte, steckte Anson den Pistolenlauf in den Mund und drückte ab, wobei er Hogan immer noch anlächelte.